The
GOOD DOCTOR

DAMON GALGUT

让日常阅读成为砍向我们内心冰封大海的斧头。

The
GOOD DOCTOR

DAMON GALGUT

多余人

[南非] 达蒙·加尔格特 著

朱亚云 译

中国友谊出版公司

图书在版编目（CIP）数据

多余人 /（南非）达蒙·加尔格特著；朱亚云译. -- 北京：中国友谊出版公司，2023.10
ISBN 978-7-5057-5635-9

Ⅰ.①多… Ⅱ.①达…②朱… Ⅲ.①长篇小说—南非共和国—现代 Ⅳ.①I478.45

中国国家版本馆 CIP 数据核字（2023）第 065909 号

著作权合同登记号　图字：01-2023-1968

The Good Doctor by Damon Galgut
Copyright © 2003 by Damon Galgut
This edition arranged with Atlantic Books Ltd.
through Big Apple Agency, Inc., Labuan, Malaysia.
Simplified Chinese edition copyright © 2023
by Beijing Xiron Culture Group Co., Ltd.
All rights reserved.

书名	多余人
作者	[南非]达蒙·加尔格特
译者	朱亚云
出版	中国友谊出版公司
发行	中国友谊出版公司
经销	新华书店
印刷	嘉业印刷（天津）有限公司
规格	840毫米×1194毫米　32开 8.75印张　174千字
版次	2023年10月第1版
印次	2023年10月第1次印刷
书号	ISBN 978-7-5057-5635-9
定价	55.00元
地址	北京市朝阳区西坝河南里17号楼
邮编	100028
电话	（010）64678009

如发现图书质量问题，可联系调换。质量投诉电话：010-82069336

一个人坐在那里，不住地说话，你不知道他什么时候离开。连绵几百英里、荒凉单调而烧焦的草原都不及这番景象，能诱发如此深沉的抑郁。

——契诃夫《带阁楼的房子》，1896

作者按语

南非的黑人家园（homelands）系南非种族隔离政府为不同黑人"种族"群体的"自治"而保留的贫瘠而落后的土地区域。

1

第一次见到他时,我就想:他在这里待不长的。

傍晚我正坐在办公室里的时候,他突然出现在门口,单手提着行李包,穿着普通:牛仔裤、褐色衬衫,外面罩着白大褂。他看上去很年轻,茫然中带着些许不知所措,但这不是我认为他待不长的原因。我看出他脸上有着别的什么东西。

他说:"您好……这里是医院吗?"

他又高又瘦,声音却出乎我的意料,听上去很低沉。

"进来,"我说,"先把包放下吧。"

他走了进来,但并没有放下行李。他紧紧抱着它,环顾办公室四周的粉红墙壁、空椅子、墙角里沾满灰尘的一张书桌、花盆里枯萎的羸弱植物。我看得出来,他觉得一定是来错了地方。我很同情他。

"我叫弗兰克·埃洛夫。"我说。

"我是劳伦斯·沃特斯。"

"我知道。"

"您知道？"

他似乎很惊讶我们竟然一直在等他，尽管他最近几天总是给我们发传真，宣告他的到来。

"我们会住在一起，"我对他说，"我带你去看看吧。"

宿舍在一座单独的厢房内，我们需要穿过停车场附近的一片空地才能到达。刚才他过来时，一定曾踏上过这条必经之路。然而现在的他望着这条蔓草丛生的小路，头顶上方参差不齐的树木正掉下层层落叶，他露出一副刚刚觉察到这一切的神情。

我们顺着长长的小道来到了房间。时至今日我一直独居于此。两张床、一个橱柜、一块小地毯，墙上挂着一幅画和一面镜子，屋里还有一张绿色沙发、一张合成木制矮茶几、一盏灯。所有这些都是基本的配置，隔壁几间住了人的房间看上去也一模一样，一如某些平淡乏味的旅馆，唯一可显出不同的是各自房间家具的摆放位置。两天前，他们搬进来一张新床，此外我房内从来没有费心移动过任何东西，也从未添置过新的家具。这些难看、简陋的家具没有任何风格，在这片中性的背景中，哪怕只是多了一块布的点缀，也能透露出寓客的些许个性。

"你可以睡那张床，"我对他说，"橱柜里还有放东西的地方。浴室在那扇门背后。"

"噢，可以。好的。"但他还没有放下行李。

两周前我才听说有人要来和我同住，是恩格玛医生把我叫过去告诉我的。我不太情愿，但也没拒绝。在随后的几天我虽有抵触，但还是接受了合住的想法。也许没有那么糟糕。我们可能会和睦相处，有个同伴或许是好事，我的生活也许会有好转。或多或少地，我开始充满好奇地期待这种变化。在他到来之前，我做了一些小事来欢迎他。我把新床安放在窗下，铺上了洁净的床单，清空了橱柜里的几个架子。我甚至还破天荒地打扫了地面，清理了房间。

而现在，他就站在我面前，透过他的眼睛，我能觉察到自己的努力都白费了。房间很丑，空荡荡的。劳伦斯·沃特斯看上去并不是我脑海里想象的那个人。我不知道我到底想到了什么，但绝不是这个平淡无奇、浅褐肤色的小伙子。甚至可以说，他就是一个乳臭未干的大男孩。他终于放下了行李。

他摘下眼镜，在袖子上擦拭了几下后，又戴上了。他无精打采地说道："我不懂。"

"什么？"

"这个地方。"

"医院？"

"不仅是医院。我是说……"他挥动着一只手，指向外面的世界。他说的是医院围墙外的城镇。

"是你主动要求来这里的。"

"但我不知道会是这个样子。为什么会这样？"他突然情绪激昂地说，"我搞不懂。"

"我们下次可以好好谈谈。但现在我还在值班，要回办公室。"

"我一定要见恩格玛医生，"他突然说道，"她在等我呢。"

"现在不要担心这个事情。你可以明天早上去,不着急。"

"那我现在应该做什么?"

"随便什么都可以。收拾行李,熟悉一下新环境。你也可以来和我一起坐班,再过几小时我就下班了。"

我让他一个人待着,自己先回到了办公室。他感到震惊,心情沮丧。我感同身受,初来乍到的时候自己也有这种感觉:你满怀希望而来,现实却呈现给你完全不同的东西。

你期盼能来到一个生机勃勃的城镇,镇里有一家繁忙的现代医院,它也许坐落在农村,规模不大,但是充满活力。这里曾是某个黑人家园的首都,所以无论其诞生背后的政治道德如何,你都会期待一个管理完善、人来人往的繁华之地。当你驶出前往边境的主道,一路沿着通向此地的小公路入城的时候,这个小镇依然貌似和你期待的没有多大出入——如果从远处遥望的话。镇里有一条主街,通往喷泉和塑像坐落的镇中心,通向店面、人行道与路灯,还有坐落在更远处的房子。它看起来干净整洁,规划有序而精准。你来到了一个像样的地方。

然后你到了镇里,看到了周围的现状。第一个让你起疑的线索可能是一处令人不安的细节:一条裂缝贯穿了一面本来崭新的墙,或是你开车经过一栋有几扇破碎窗户的办公楼,或许是干涸的喷泉,泉池里积满了陈沙。你缓缓驶过,带着隐隐的焦虑四下观望,突然一切都变得分外清晰。人行道和砖块接缝处的杂草,街道上四处丛生的野草,灯泡炸裂的路灯,光溜溜的玻璃门后沉睡着的空荡商店,发霉、潮湿及起泡的刷漆墙面,雨痕斑驳的墙壁。房屋正在缓缓坍塌,碎片时而一粒一粒,时而一片一片地往下坠落。此时你已不再确定自己到底身处何方。

街上空无一人。这是你最后才注意到的一个景象,尽管此刻你意识到这是给你带来不安和空虚感的最初原因:这是一座空城。没错,是有一辆车在巷陌徐徐行驶,一两位身着制服的人在人行道上闲逛,也许会看到一个身影垂头丧气地走在小径上,穿过一片荒草连天的空地,但大多数时候这镇上几乎是空的。四下无人。没有人声,没有人迹。

一座鬼镇。

"这里看上去好像发生过可怕的事情,"劳伦斯说,"它给人的就是这种感觉。"

"哦,但事实正好相反。什么事都没有发生过,以后也永远不会有。这才是问题所在。"

"那怎么……"

"什么怎么?"

"没事。只是想知道怎么回事。"

他的意思是:*这个镇子到底是怎么出现在这里的?* 而这才是真正的问题。这不是一座由于正常的人类活动而自然形成的城镇,如干旱地区的一条河流,或发现了金矿,或某些历史事件。这是一座空中楼阁式的城镇,是由贪官们在纸面上构想和规划的,而他们居住在城市里,远在天边,甚至从未踏足过这里。他们在地图上画了一个轮廓并说道:这是我们的黑人家园,首都应该在哪里呢?为什么不放在这里,在中间?他们用红笔画了个叉号，所有人都沾沾自喜，然后派人找政府建筑师来制定规划。

所以劳伦斯的困惑并不稀奇。我自己也经历过。我知道这种感觉都会过去的。一两周后困惑会被其他东西代替：也许是失望，或是怨恨、愤怒。然后这种心情会转变为无奈认命。短短数月后，劳伦斯或者和我们这些人一样，在这里强忍着他的谪居刑期，或者会谋划一条出逃之路。

"但他们都在哪里呢？"他问我的样子更像是在问天花板。

"谁？"

"人啊。"

"就在镇外面，"我说，"他们住在那里。"

这是数小时后的当夜，在我的房间——不，我们的房间里，我刚熄灭了灯，躺在床上，想要入睡时，他的声音从幽暗中传了过来。

"但是他们为什么要住在那里？为什么不住在这里？"

"这里有什么可以给他们的？"

"什么都可以啊。当我开车路过的时候，看到了乡下的情况。那里一无所有。没有旅馆、商店、饭店、电影院……他们什么都没有。"

"他们不需要这些。"

"那医院呢？他们难道不要看病吗？"

我一只肘撑着床坐了起来。他在抽烟，我能看到红色光点起起伏伏。他背贴床，脸朝天。

"劳伦斯，"我说道，"要谨记一件事——这不是真正的医院，而是个笑话。你开车过来的时候，还记得路过的最后一个小镇吗，离这里一小时的那个？真正的医院在那儿。那是病人去的地方。他们不会来我们这儿，这里什么也没有。你来错地方了。"

"我不信。"

"你还是相信为好。"

红光一动不动地在空中停了片刻，然后又升起、下落、升起、下落。

"但人会受伤，会生病。他们难道不需要帮助吗？"

"你知道这个地方对他们来说意味着什么吗？这是以前军队起家的地方，他们的傀儡独裁头目曾住在这里。他们厌恶这个地方。"

"你说的是政治，"他接着我的话说，"但那都是过去的事情，现在已不再重要了。"

"过去才刚刚发生，它还没有远离我们。"

"我不管那些事情。我是名医生。"

我躺下了，盯着他看了一会儿。几分钟后他把烟头碾在窗台上掐灭，扔出了窗外。他嘟哝了一两个我听不清楚的词，双手做了个手势，叹了口气，就入睡了。这几乎是一瞬间的事，他累焉了，我能听到他均匀的呼吸声。

我却无法入眠。我已经很多年没有和他人在同一个房间里过夜了。这情景让我想起多年以前，曾有过一段时间，当我憧憬着有人在黑暗中依偎在我身旁、伴我共眠的画面时,我会感到一阵阵慰藉与安逸,觉得没有比这更美好的事情了。这些回忆几乎与今晚格格不入,因为他对我来说什么都不是。现在,这具会呼吸的身体让我感到紧张、警惕、有些愤怒,所以我一直睡不着,直到数小时后才累得闭上了眼睛。

2

很长一段时间以来,我们这里只有七个人:特霍戈和两名厨房帮工、恩格玛医生、桑坦德夫妇与我。然而很久以前这里可不是这样的。我初来乍到时,曾有位印度女医生,但她已经离开很久了;还有位来自开普敦的白人男医生,结婚后移民国外了。也曾有过四五名护士,但是她们不是被裁员就是被调走,只留下了特霍戈。前来就医的人也稀稀落落,不需要我们这么多医护人员。因此即使有人离任了,上面也不会派人来补缺,他们留下的空白立刻被沙袋封填加固起来,像堡垒一样预防着最终的沦陷。

所以劳伦斯的来临是一个神秘事件,它匪夷所思。当恩格玛医生告诉我一位年轻医生要来做为期一年的社区服务时,我的第一反应是她在开玩笑。我听说过社区服务,这是一项新的政府方案,旨在加强全国医院的人员配置和服务。但是我们这里太偏僻了,应该不符合条件。

"为什么?"我说,"我们不缺人。"

"我懂。"她说,"我没有要任何人,是他主动要来的。"

"他自己要来?为什么?"

"我不清楚。"她正一脸疑惑地看着一封传真过来的信,"弗兰克,我们没有选择。我们必须找个地方让他住下来。"

"嗯,好吧,"我耸了耸肩,"这不会影响到我。"

恩格玛医生抬起头,叹了口气。"恐怕对你还是有影响的,"她说道,"我只能把他安排在你房间里。"

"什么?"

我从未遇到过这样的事情。她窥到了我脸上的沮丧。

"弗兰克,他不会住很长时间的。桑坦德夫妇走后,我就把他移到他们的房间。"

"但是……我们有一整条通道都是空房间。为什么不能找一间,让他去那里?"

"因为那些房间里面没有家具。我只能给他安排一张床。但是桌子、椅子一类的呢?他总要有个地方坐下来吧。帮帮忙,弗兰克。我知道这让你很为难,但总得有人做出让步。"

"为什么是我?"

"还有谁呢,弗兰克?"

这不是一个简单的问题。在通道尽头还有一间房子,我仍觉得这事是可以商榷的。

"特霍戈。"我说。

"弗兰克,你知道这不可能。"

"为什么不可能呢?"

她不安地在椅子上动了动,提高了嗓门向我抗议:"弗兰克,弗兰克,我有什么办法?麻烦你了。我向你保证,我会想办法的。但是我不能直接把他赶走。"

"没有说你一定要赶走他。为什么他们两个人不可以合住?"

"因为……特霍戈不是医生,而你是。两个医生住在一起,是很自然的。"

她话里有话,只是没有说出来而已。不仅仅是因为劳伦斯·沃特斯和我同为医生,更是因为我们都是白人,适合住在同一个房间里。

早上闹钟将我唤醒时,他已经起床穿好了衣服,正坐在床边抽着烟。

"我想去见一下恩格玛医生。"他马上说道。

"好啊,但你要等一会儿。"

"我可以去她办公室。你不一定要带我去,我可以自己去。"

"现在才早上六点,她还没有来上班。放松一下,嘿,你不要急,去冲个澡什么的。"

"我已经洗过了。"

我走进浴室,遍地是水。他的湿浴巾搭在门上,脸盆里留有胡楂和剃须泡沫。我收拾他的烂摊子时,情绪逐渐低落;而当我从浴室出来时,又被他香烟的蓝色烟雾笼罩,心情更加糟糕了。他漫无目的地在房间里踱步,一边抽烟一边想心事。看到我咳嗽了,他就像昨晚一样,把烟头掐灭在窗台上,然后把它扔出了窗外。

"你不能老这样掐烟头,到处都是你弄的烧痕。"

"没有烟灰缸,我找过了。"

"我不抽烟。你一定要买一个。"

"这是个肮脏的恶习,我知道,我一定要戒掉。"他发狂似的在身边找来找去,然后躺在床上,"你准备走了吗?"

"我得换衣服,劳伦斯。你为什么急匆匆的?没有什么事是要着急去做的。"

"真的吗?"

我一边看着他,一边慢慢地穿上衣服。每隔几秒钟,他就看我一下,但他的视线在我身上稍做停留后便掠了过去,集中在一些随意的细节上,有时会落在窗外。不知何故,他露出郁郁寡欢又心不在焉的神色。以后的日子里我会慢慢地熟悉他这一特征,但在与他相处的第一天,我确实觉得这很蹊跷,令人不安。

终于我准备就绪。"好了,"我说道,"我们去吧。哦,劳伦斯……你的白大褂,我们这里都不穿。"

他犹豫片刻,并没有把它脱下。我锁好门,和他踏在落叶层层覆盖的人行道上,日光变得越来越强烈。我能感到他要朝医院主楼方向行进,奔向他的办公室和他的岗位,但是我带他到了一条岔路,去我们吃早餐的地方。餐厅、厨房、炊事员和保洁人员的宿舍都在医院的第三栋楼里面,现在几乎荒废不堪。餐厅是个长长的大厅,一半辟为娱乐室,另一半被一张盖着脏兮兮台布的长方形大餐桌占据。

我把劳伦斯介绍给桑坦德夫妇——豪尔赫与克劳迪娅——他们带着惊奇的神情看向他。

"你是……新来的?"豪尔赫问。

"对,社区服务。一年。"

"不好意思,"克劳迪娅说道,"什么服务?"

"这是一项政府计划,"我回答道,"所有新医生在拿到行医执照后都要参加。"

"哦,哦。"他们还是满眼疑惑地看着他。他们见证过一些人离开这里,但这是第一次看到有人来。

突然间鸦雀无声。我和桑坦德夫妇在一起的时候,气氛总是有点尴尬,今天劳伦斯的在场让我们更加局促不安。他烦闷地来回拨弄他的早餐,把吐司从盘子这头推到那头,并没有要吃的意思。他草草地敷衍了几句,随后我们大家都不说话了,只听见金属勺子在盘子上的擦刮声和隔壁厨房传来的喧笑声,然后桑坦德夫妇说了句"不好意思"就离开了。

餐厅里仅剩下他和我两个人。我们盯着长长房间的另一半,看到乒乓球桌、黑白电视、一堆过期杂志和棋盘游戏被乱七八糟地摆在一起。

我想,他已经开始看出这个地方的一些端倪了。他在卧室里流露出的疯狂紧迫感已荡然无存。用餐过后,他又点起一支烟,但几乎没有吸,而是坐在那里凝视远方,烟雾从他的指间消散开来。

随后我们一起去了医院主楼。尽管现在仍然还是克劳迪娅·桑坦德的值班时间,特霍戈也应该在场,但办公室里空无一人。我们一边坐着等恩格玛医生,一边沉默地喝着咖啡。我生命中的多少岁月,都染上咖啡因的酸腐味,在这间房子里被一点一点吮吸尽了。墙上的钟坏了,一声不响地挂在那里,指针永远停留在两点五十分。自从我来这里上班,唯一变化的东西是挂在门后的飞镖盘。某个星期天,我把它从娱乐室拿上来,希望能打发些许时光。但是这种游戏只能玩几次,你若不停地掷,那么目标和靶子便会失去意义。

九点钟,恩格玛医生准时到达。她是来巡房的。这是例行公事,即使在一位病人也没有的日子也依旧如此。其实,大多数时间医院里面都没有病人。不管多么无关紧要、多么随心所欲,总有一些事情——一两个方案及程序之类的,需要讨论。但今天难得有两位病人需要照护。

她停在门外,目光侧向劳伦斯异常光亮的白大褂。他早已站起身,微笑着伸出手来。

"我是劳伦斯·沃特斯。"他说道。

她满脸困惑地和他握了手。"哦,对了,"她说,"是的。您是什么时候到的?"

"昨天,昨天晚上。我当时想来见您,但弗兰克说……"

"我觉得太晚了,"我接着道,"我告诉他今天来。"

"对,"恩格玛医生说,"对。"她频频点头。

然后没有人继续说话。劳伦斯站在那里,喜笑颜开,满怀期待，眼睛闪闪发光，很显然他认为终于有事可做了。他的报到、等待、和我闲聊，所有这些事都只是为此准备的。他已经见到了院长，他的人生将会被赋予责任和意义。

但恩格玛医生眉头紧锁，四下张望。"特霍戈人呢？"她问。

"我不知道，他还没有来吧。"

"哦，好吧。嗯……那我们走吧？"

我和她并排走，劳伦斯跟在我们后面。在空旷的房子里，我们的脚步声发出自命不凡的回响。两个病人都被安置在第一间病房——院里唯一真正可以看病的地方。从办公室出来，沿着通道向前走过两道门就到了。我们经过的左边第一扇门是手术室，负责检查和实施各种大小手术，但大门紧闭。右手方的下一扇门就是病房，它看起来像普通医院的一个普通房间，有两排床、窗帘和幽暗的荧光灯。

我们全都围在第一个病人的床边，他是一位二十岁出头、非法徒步入境的小伙子。因为这里毗邻国境，我们见过很多这样的病例：长途跋涉的人身无分文、缺衣少粮。偷渡国境很危险。这位小伙子成功过关了，但他严重晒伤、脱水，双脚也磨破了。他正在输液补水中，看起来恢复得很好。他没有和我们交谈，但是眼神惊恐。

"他高压130，低压80。特霍戈什么时候填的这张护理记录单？"

"我不清楚。"

"他一定要写时间，一定要记录清楚。你能跟他说一下吗？弗兰克，病人的体温偏高，但是又可以自行排尿了。你怎么看？"

"早餐给他点普食[1]再试试看。"

"同意。你能把这事也传达给特霍戈吗？"

"好的。"

"你觉得他什么时候可以出院？"

"他恢复良好，"我说，"后天吧。"

恩格玛医生点了点头。我们不是朋友——她没有朋友，但是她总是当着众人的面询问我的意见。我们之间有所谓的"友好的工作关系"。

我们现在转向另一个病人，她是两天前因为疼痛难忍，被丈夫送过来的。她的阑尾即将破裂，恩格玛医生立刻为她做了手术。阑尾炎是我们愿意看到的那种急诊病症：在我们的能力范围之内，容易诊断，可以根治。

医院的大部分手术都是由恩格玛医生主刀的，虽然她的手一点也不稳，以我愚见，她的眼神也不可靠。从个人方面考虑，我是很希望积累一些主刀经验的，但她只允许我偶尔做一些小手术。这让我耿耿于怀，但是我不能让别人看出我的不满。年复一年，我吞下了很多怨气。

比如，今天早上，我一下子就能看出该病人的情况并不好。她很虚弱，简单的诊查显示出她腹部有些肿胀，但此时此地我

---

[1] 普食，医院伤病员饮食的一种，通常是指一些固体类食品。

不能把话说得很直接。一是因为恩格玛医生对批评很敏感,二是还有其他的原因。如果病情恶化了,我们一定要把病人送到离这里一小时路程、距离镇上最近的那所大医院,那里有更先进的医疗资源和医护人员。在极端的情况下,实在无能为力时,我们不得不把病人转走,但这永远是最后一招,因为我们的每一次失败都更难证明自己值得拿到现有的这些微薄拨款。

"为何不先仔细观察她一下?"我说,"我们可以留意一下病情发展。"

恩格玛医生缓缓地点了点头:"可以。"

"还在流液。"劳伦斯说道。

我们两人都看向他。

"阑尾的残口还在流液,"他说,"你们看,腹部胀大,按压有痛感。要及时救治。"

屋里顷刻鸦雀无声,只听见病床上躺着的女病人沙哑的呼吸声。

"劳伦斯。"我说道。

我声音很响亮,想打消他的气焰,但除了喊他的名字,我什么也说不出来。他是对的,我和恩格玛医生都知道,他陈述的简单事实就足以使我们羞愧不已。

"对,"恩格玛医生说道,"对,我想我们都看得出来。"

"你要我做什么吗?"我马上问道。

"你带她去转院吧。弗兰克,你出去的话,我会替你值班。我们最好……对,对,就这样做。"

她冷静、小心地说着，但氛围并不是很欢畅。当她猛然转身，返回办公室的时候，我没有像往常一样并肩走在她旁边，而是蹒跚在她身后，间隔一步之遥。劳伦斯则跑到了前头，和她并排走。

"恩格玛医生，"他说道，"我能和您谈一会儿吗？我想知道您对我有什么期望。"

"什么意思？"

"我的工作任务是什么？"他兴高采烈地问道，"我很想现在就上岗，您看得出来的。"

她没有马上回答，但在办公室门口她转过身来面对他。"你和弗兰克一起坐车去，"她说，"说不定会学到一点东西。"

"明白。"

"对，"她说道，"弗兰克是位经验丰富的医生。你能从……有经验的人那里学到很多东西。"

这是我见过她说话最犀利的一次，然而他似乎一无所知。他像一只小狗一样跟我走进了办公室。特霍戈正坐在桌前，阴沉着脸盯着桌木的纹理。

"我要帮那位阑尾炎病人转院，"我说，"特霍戈，你一定要把时间写在护理记录表上。还有，另一个病人，就是那个小伙子，从明天起可以给他普食了。"

"好。"特霍戈回答道，头也不抬。听上去好像他在批准我们的请求。没有什么能戳破他森严的镇定，即使发生了出人意料的事情也不能，但当我的新室友伸出一只手冲向他时，他确实在一瞬间面带错愕之色。

"你好,"他说,"很高兴认识你。我叫劳伦斯·沃特斯。"

我忙于准备例行转院手续,当我们出发时,已是近午时分。医院有辆陈旧的救护车,但专用司机早已离职了,每次用到救护车的时候,只能派我们当中的一名医生来驾驶。把躺在担架上的女病人放进车后,我坐上了驾驶席。我以为劳伦斯会和我一起坐在前排,但他却钻到了后面的病人处。如同一只猫头鹰紧盯着猎物,他满怀关切地俯身照看着她。

"留给她一点呼吸的空间,"我说,"你会让她感到幽闭恐惧的。"

"对不起,对不起。"他直起腰来,显得羞愧难当,我在后视镜里观察他宽阔的脸。他看上去永远紧皱眉头,貌似一直被一个永恒的问题困扰着。

我没有和他搭话,只是预热了发动机,然后就把车开到了街上。小镇,以及它偌大的、空旷的空间被慢慢抛在了身后。随之我们开到了通往主干道的支路上,两边的灌木丛簇拥而来,热浪中的树叶看上去模糊一团,好似一堵难以穿越的墙。道路在山脊和群丘之间绵延起伏。这是个炎热、葳蕤的乡间,黄褐色杂草地与河畔灌木丛的翠绿植在两个极端之间繁衍生息。

刚来的时候,我喜欢这里的风景,喜欢土地的肥沃丰饶,以及它孕育的生命。这里没有荒瘠之地。一切都被嫩枝、荆棘和树叶包围,四处皆是昆虫等动物开辟的小径,通向四方。气味扑鼻,色彩缤纷。我所有的闲情、大把的时光,都用在了丛林绿野徒步上。我想离万物的茂盛之源更近一些。随着岁月的流逝，这些曾经让我感受最深的东西逐渐露出其不同的、隐藏的一面。活力和热浪变得令人烦闷，甚至略带威胁。这里没有什么能够长久，没有什么一成不变。金属开始腐蚀生锈，衣裳会变得褴褛破旧，光鲜的墙漆渐渐褪色。你在森林中清空了一片地，但别指望两周后还能再找到它。

当我们驶到主路上时，周围的乡村景色发生了变化：灌木已疏，人烟渐盛。道路两边村落林立，小屋群集，圆锥形屋顶覆盖着茅草，外墙涂有鲜艳的图案。地面被踏得又硬又平。小孩、劳作的男人、闲暇的老人看着我们驰车而过。妇女们手握锄头，从杂乱的菜地里站立起来。

半小时后，我们到达崖坡地带，道路在这里抬高并不断升攀。这里曾经是黑人家园的边缘，亦是充满生机的工业地带的前哨：土地上栽种着一排排松树，看上去黑黝黝的。从坡顶上眺望，可以一瞥我们刚离开的平原的轮廓，一片起伏的、宛如带着霉斑的青铜色，而前方是一片辽阔的草原。

我们前往的小镇及其繁忙的医院，离崖坡的另一边并不远：经过一个岔路口、一条短短的小路就到了。即使正值炎热的正午，周围的街道被太阳暴晒得昏昏欲睡，医院入口处仍然有安静的纷纷人流，汽车与人群进进出出。我们的病人情况并不是很危急，但我还是把她送到了急诊科。这里有位和我经常打交道的医生，名叫杜托伊特，是位比劳伦斯年龄大一点的、年轻气盛的小伙子。来之前我和他通过话，今天他在上班。他准备好所有需要签字的表格，然后面带傲慢的笑容来见我。

"又来了一个要我们接手的病例了，"他说，"怎么啦，你们还没有完全把她弄断气吗？"

"我想你可以胜任这件事。"

"如果你想要份真正的工作，随时来找我们。你还要准备在那个荒山野岭的乡下埋多久？"

"只要他们需要我，我就一直待下去。"我一边回答，一边在相同的官方表格上第一百次签上了我的名，目送他们把女病人推走了。每次我来这里转送病人，杜托伊特都会和我互相开这种黑色玩笑。

他饶有兴趣地看着劳伦斯。"你是新来的吧？"他说，"我还以为他们正在裁人，而不是招新人来。"

"我来这里做社区服务的，"劳伦斯答道，"一年。"

杜托伊特哼了一声："倒霉蛋。你抽到下下签了吧。"

"不，不。是我自己想来的。"

"当然，当然。别担心，很快就会过去的。"他拍了拍劳伦斯的肩膀，然后对我说："一起吃个饭？"

"得回去，多谢啦。我今天值班。下次吧。"

当我们出来的时候，劳伦斯对我说："我不喜欢他。"

"他人还可以。"

"他被惯坏了，只顾自己。他不是个真正的医生，你可以看得出来的。"

快到崖坡的山顶时，我把车停在了一家熟悉的路边餐馆前。

"干什么啊?"劳伦斯问道。

"停下来吃个饭。你不饿吗?"

"我以为我们还在上班。你看,"他会意地说,"你根本就不想和那家伙吃饭,你也不太喜欢他。"

我们找了个位子坐下来,一边吃午餐,一边看着其他顾客来来往往。这条路的车流大多是往返边境的卡车,司机经常在这里稍事休息,果腹充饥。我喜欢这些人的神态。他们一点也没有那种一直萦绕医生身边的、饱受困扰的自省。他们的人生时光都花在了漫长的旅路上。

"也不过就那样,"劳伦斯突然说道,"另一家医院。大家都去的那家医院。"

我沉沉地点了点头:"就是那样。"

"所有的拨款、设备和医务人员都去了那里?"

"对。"

"为什么?"

"为什么?历史上的一次意外。若干年前地图上有条线,就在我们现在坐着的附近。一边是黑人家园,那里所有的一切只是装点门面的模仿;而另一边则是白人的梦想,所有的钱——"

"对,对,我知道,"他不耐烦地说道,"但是现在地图上的那条线已经消失了,为什么我们还是和他们不一样呢?"

我耸了耸肩:"我不知道,劳伦斯。没有足够的钱分给每个人。政府要优先扶持一部分人。"

"他们是天选之子,而我们一无所有。"

"差不多就是这样。政府要把我们的医院关了。"

"但是,但是,"他前额的眉头紧锁,越发烦恼,"这又只是政治,是吧?"

"一切都是政治,劳伦斯。你把两人放在同一个房间的那一瞬间起,政治就进来了。世事就是这样。"

这个看法似乎堵住了他的嘴,在我们离开前,他没有再说什么。然后他突然说他想要开车。

"什么?"

"我想要开车。来吧,弗兰克,让我试一下。我想尝试一下开车的滋味。"

我把钥匙扔给了他。我们还没有离开停车场,我就能感觉到他是一个多么小心翼翼的司机,缓慢而冷静,和他说话与行动时的狂热方式截然不同。但这只是劳伦斯身上的矛盾之一,是他那些小毛病,那些让人难以理解的前后不一致。

现在已是下午时分。崖坡的山脚被阴影笼罩。当我们冲出幽暗,重浴骄阳之时,万物的影子都落在地面上,被拉得又窄又长。公路像飞镖一样笔直地飞向地平线和边境。开了二十分钟,我对他说:"停一下。"

这种冲动不知来自何处,但我现在觉察到,它已在我心中澎湃了一整天,从那天清晨就开始了,甚至可能更早。

"欸?"

"就这里,树旁边。"

路边有一小丛蓝桉树,其后不远处坐落着一间小木屋。在木屋背后,一个小山坡的顶部,一座村落的房顶可映入眼帘。

"干什么啊?"

"我们就去看一下。"

他看到了牌子,大声读道:"手信与手工艺品。"

"我们进去看看他们卖什么。"

门前还停着一辆车。一对大嗓门、刻意友好的美国夫妇拿着一对木雕长颈鹿,正准备离开。在他们身后,经营这家寻常小店铺的女店员正笑盈盈地倚门而立。当她看到我时,笑容突然消失了,转而又强行爬上了她的脸庞。

她对那对美国夫妇说:"假期快乐。"

她三十岁出头,体形娇小,但挺强壮,有张宽阔的脸。她赤着脚,身着一件破旧的红衣服。

我们和她擦肩而过,走进暗淡的小棚屋。简陋的货架上摆放着手工艺品,有木雕的动物模型、珠饰品、编织垫和编织篮、铁丝制玩具。还有无数迎合游客的非洲风陶器复制品。一个满是错别字的手绘标签告诉我们,该工艺品是由本地村落里的村民制作的。我们四下闲逛,浏览货架。屋内闷热难耐。

劳伦斯说:"这个太……"

"太什么?"

"太差了。"

外面的车开走了,她回到了屋里,揉捏着手臂。"欢迎,你好吗?"她问候道,并没有特别对某一人私语。

"很好。"我回答道,"你呢?"

"你们想买什么东西吗?"

"我们只是看看。"

劳伦斯满面痛苦地四下张望。"这是你的店吗?"他问道。

"不是的,我只是在这里上班。"

"店主是谁呢?"

她手往门那边一挥,指向外面的某人。

"很好。"

她莞尔一笑,点了点头。"是的,是的,"她说道,"欢迎光临。"

"我帮你买个东西,弗兰克。"他说。他举起一件粗制木雕鱼。

"二十五兰特[1]。"她对他说道。

"谢谢你今天带我转了这些地方。我觉得非常开心。"

"没关系,没有必要买,你不要客气。"

"我想买。"

"二十兰特。"她说道。

"我给你二十五。"他一边数钱一边放在她手上,"谢谢你。你的店非常棒。你叫什么名字?"

"玛丽亚。"

"你的店很棒,玛丽亚。"

---

[1] 南非兰特(South African Rand),由南非储备银行发行的货币,于1961年2月正式发行,取代之前的南非镑。

"我也觉得好。"我接着道。

这时候,她注视着我,这是我进店后她第一次正眼看我。她说:"你最近太忙了。"

这不是一个问题,但是我把它当作问题来回答:"对,是,是的,我很忙。"

我把雕琢生硬的木雕鱼摆在大腿上,驶出了这片蓝桉树丛。在傍晚光线的映衬下,崖坡就像一片涌起的幽暗波涛,随时都可能破碎。

"你以前去过那里吧?"他说道。

"对,我来这里的第一天去的,去医院赴任的途中。"

"但那是好几年前了。"

"对。"

他摇下车窗,温暖的空气拂面而来。在日落西山之前我们飞快地行驶着,今天去过的所有地方仿佛都杂乱无章地散落在我们身后,一如地图上只有我们自己才能读懂的地点。今天是美好的一天,有点轻松缥缈,所以当他突然以闲谈的口吻问我"你和那个女人睡过吗"的时候,我感受到了一记沉重的打击。

"你说什么?"

"店里的那个女人。你有没有——"

"嗯,我听到了。没有,没有。你怎么会这样想?"

"我也说不清楚,隐约有种感觉。"

"嗯,我没有。"

"你有没有被冒犯到?"

"没有,我只是……很惊讶。"

"对不起。我想到什么说什么。我就是这样的人。"

接下来我们一路无话。回到家时,已近日暮时分。一整天都过去了,我也下班了。我没有回到办公室,但也不想在卧室里闷坐。没有什么事情好做了,我坐立不安,难以自持。

劳伦斯不想去吃晚餐,他说他不饿,我就一个人去了餐厅。其实我也不饿,结果发现我坐在娱乐室的电视机前,关了声音,空荡的画面不停闪烁,我把乒乓球在两手之间来回扔着玩。一种不满的情绪在心中萌生。刻意逃避的老问题重新浮现在眼前。旧日的渴望与需求。我再也坐不住了,一个多小时后,我放下了乒乓球,任由它在地上滚动,接着走向停车场。我房间的灯还亮着,但正当我看向它的时候,它突然熄灭了。

一开始我开得很慢,随即逐渐加速。我似乎感到要迫切地、有目的地去履行一个义务,但事实是我心神不宁,毫无目的。我把车停在了老地方,走回到小棚屋。她已听到了车声,在等待我的到来。她牵着我的手,把我拉进屋,然后很快地转过身去闩门——一把小孩都能弄开的锁,那仅是一团缠绕在钉子上的绳。

3

我并没有对劳伦斯完全撒谎：我初来小镇的时候，确实曾经在那个小屋里停留过。我一路看东看西，小棚屋也是我参观的一处地方。玛丽亚当时就在店里，或许就穿着那件红色衣服，赤着脚。我一脸茫然地看着货架上的木雕动物时，她向我打招呼。

"你要大象吧？"她问道。

"不，不，我只是看看。"

"随便看哟。"

"好的。"我回道。

也许这些对话根本就没有发生过，也许她的衣服是黑色的。当时的一切我都记不得了。我甚至记不起她那天的脸的模样，我只知道我去过那里，我也确实看到了她，因为当我第二次去的时候，心中涌起一种似曾相识的感觉。而她一下子就认出了我，她含笑向我问安。

这次重逢几乎是初次见面的两年后了。我把一位病人送到了那家更好的医院,在回程的路上,我看到系在路边一棵树上的牌子。这块牌子上有一些东西——粗糙字体和错别字蕴含着的伤感——让我停了下来。

然后是她的容颜,她慷慨的笑容。"你好吗?"她打招呼道,"你今天不伤心吧?"

"不伤心?"

"上次你很伤心。"

她穿着一件深蓝色的纯棉衣服,有几处已经被磨得快要破了。她的手腕和脚踝上戴满了珠子。

"你叫什么名字?"

"我叫玛丽亚。"

"不,我是说,你真名是什么?非洲名字。"

某种东西笼罩在她脸上,她垂下了眼睛。"玛丽亚,"她重复着,"就是玛丽亚。"

我没有追问下去。这个名字和她不相配,从她嘴中说出来不甚真实,但我喜欢她竖起这一防范屏障时矜持的决心。我顿时觉得她的人生如迷。

我坐在房间角落里的木箱上和她交谈了近两个小时。这其实不是对话,而是我提问,她回答——你是谁?从哪里来?多大了?我想知道关于她的一切。

她在那里已经上了三年班。吃饭、睡觉、清洗,生活的全部都在这个小屋里。我问她生活用品放在哪里,她指着一个货架下面破旧不堪的衣服箱子。她让我看了她的床:一床破旧被子，整齐地叠成了一个豆腐块。墙角有只生锈的水桶，是她的澡盆。她说她从后面的村里取水，那里也有人给她送吃的。

那是她的村庄吗？不，不是的。她家离这儿很远。为什么住这里呢？因为要看店。那为什么店会开在这里呢？因为是她丈夫修建在这里的。这是他的主意，他叫她来这里上班。他从周围的村子里面搞来这些古董和木雕，拿过来让她卖。他们两个人都住在店里吗？不，他住在外面。在后面的村子里？不，在其他地方，但她不确定到底在哪里。他有时会来，有时。上一次是什么时候见到他的？她举起了六根手指。小时？天？还是星期？

她或只言片语，或打着手势，一直在微笑。偶尔她也笑她自己。我的目光无法从她身上移开。我被这种比画和手势构成的语言所虏获，这种隐晦的肢体语言似乎只为我们二人所知。我以前从来没去过这样一个摆着一排排木雕动物的方寸之地。早在屋里黑得看不清之前，我就一直怀有冲动，想做一件事，最终我还是做了：俯身用手触摸她的颈部。她一动也没有动。

"跟我走，"我说，"我们出去吧。"

"去哪里？"

"我房间。"我有点不顾一切。

她摇了摇头，躲开了我的手。

"为什么不去？"

"不行，"她说道，"不行。"

我做得太过分了，她现在很紧张，离我远远的。我判断错了整个形势。可是当我重拾镇定，站起来准备离开的时候，她突然对我说：

"等一下吧。"

"等一下？"

"你过会儿再来。等一下，等店要……"她比画着关门、打烊的手势。

"几点？"

"八点。天黑了的时候。"

"好的，"我说道，"我等会儿再来。"

我回到了医院，冲澡、刮胡、更衣。渴望与惧怕混杂而成的激情在心中澎湃。这种幽会的渴望似乎来自我内心深处，以前毫无征兆，此刻却突然觉醒。我要什么？为什么要这样做？我想到整件事可能是个圈套，有人在暗中伏击；谋杀、绑架、敲诈勒索的场景萦绕在脑海里。我很清楚地知道，我不该回去。

但我还是回去找她了。我内心充满恐惧。她在等我。她让我把车从小屋那里挪开，往下再开一阵，停在一排灌木丛后面。我在黑夜中往回走，心中似有钟鼓乱鸣。她也很害怕，四下观望，大气不敢出。灯火已灭，她牵着我的手，拉我进屋，把我带到一个时间停止的地方，这里记忆湮灭。

每次都是一样的。我们在第一晚经历的那一种模式，在随后的夜晚幽会里一次次地不断重复——偷偷摸摸地停车，走回小屋，她倚门而待。我们进屋后她把门闩上，然后我们躺在地上的破旧毯子上。

床笫之欢很是仓促，衣服只脱了一半，我们始终被某种恐惧所笼罩。我不知道我们到底怕什么，直到有天晚上她给了恐惧一个名字。"明天不能来。"她说。

"为什么不能来？"

"危险，危险。"

"什么危险？"

"我的丈夫。"

显然，为了她的安全，我不能让她丈夫觉察到我的存在。但是她的一些表现也让我明白，他可能会伤及我。她不想多谈这件事。第二天晚上，我驱车而过，试着去探看，发现有辆车停在木屋外面。白色的车身，但我不知道是什么牌子。那车就停在门外，大庭广众之下。

从那晚起，他就登场了，隐隐站立在她的身后，面目模糊。过了一个星期我才回去找她。我问道："他真的是你丈夫吗？"

她严肃地点了点头。

"真的吗？"我说，"他不会只是你的男朋友吧？你们真的结婚了吗？结婚了吗？"

"结了。"她回答道，拼命点头。很难说她是否听懂了我的问题。

她没有戴结婚戒指，但这并不能说明什么。像她那样简陋且一无所有的人生，很难拥有我们司空见惯的东西。她也许是在某种典礼或习俗中成婚的，并不需要交换戒指。我无法得知。我喜欢这样，我喜欢对她的生活不甚了解。我们的交往并不属于任何一种正常意义上的关系。在我的人生中，第一次感受到这种难以名状的沉醉，如此众多的含蓄或直白的意义。当然，在我的婚姻破裂后，我也有过其他女人。我在医院和克劳迪娅·桑坦德有过一段露水姻缘，也曾有过几次短暂的逢场作戏，但是没有一次风流韵事像这次这样鬼鬼祟祟，也没有如此令人不安，难以自拔。我目前唯一知道的东西就是晚上我来这里所得到的：这间潦倒陋室、坚硬的沙土地，以及当我解开她衣服时，她身上的汗水味道——有时隐约散发出难闻的气味。还有黑暗中激情四射、不顾一切的拥抱。

我们对彼此并不温柔。或许只是以我们特有的方式时而温柔。我轻触她、抚摩她，她却从未如此触碰过我。她不许我亲嘴，当我试图吻她的时候，她蓦然扭头，连连说道："不，不行。"我问她为什么，她从来没有解释过，而我并不在意她的沉默。我们之间没有真正有深意的交谈，这也合我心意。我们为了本性的、亲密的行为而聚在一起，同时我们之间一直横陈着巨大的鸿沟。

有时并没有云雨之事，有时我并不需要性事。我只是躺在那里，脸紧贴她的肩膀，一只手钻进她的内衣下，放在她的裸胸上。这通常在一片沉默中发生，只有呼吸声在黑夜里起伏。然而有一次，她对我说话了，用她的母语说了一串长长的、柔美的独白。我一个字也没有听懂，但她的声音在我紧闭的眼帘后描绘蔓延成一个故事画面，她和我都沉湎在另一个世界里。

有段时间，我过上了双重生活：白天我在医院，空虚而漂泊无定；晚上我则在路边，四周充满禁忌的味道，令人紧张而仓皇。两者各行其道，互不干涉。很长一段时间里，她对我是谁、我做什么，一点也不好奇。而当她最终问起此事时，我发现我在撒谎。我告诉她我是政府的一名工程师，合同要求来这里两年。我说我现在正帮医院干点事，这就解释了我有时开辆救护车的原因。我说我住在镇上的一座镇立公寓，我的妻子在城里，经常过来看我。除了我想让她远离我光天化日下的另一个生活这个理由，我不知道我为什么要对她撒谎。

我其实并不需要此般的庸人自扰。她从未表示过对我的另一面有丝毫的兴趣，对她来说，小镇本身就貌似存在于别的星球上。我在镇上只见过她一次。某天下午，我在主街上开车，看到她在人行道上独行。我假装没有瞧见，在下一个路口就拐弯了。她从来没有对我说起这件事，也许她没有看到我。但之后的两天里，我内心充满了内疚和背叛之感。

但是我还是回去找她了，我总是会回去。只要我不值班，或者她没有说不让我来，我都会在夜幕降临后，行驶在路上，前往她的方向。而那间弱不禁风、摇摇欲坠的小棚屋，一直都站立在那里，永远存在。

然后我们的关系也慢慢看上去像一个固定的东西，一个有基础有形状的东西，一个真实的东西。于是我开始害怕了。我对自己说：**不能再这样下去了，必须一刀两断。**我不想要一个得承担义务和责任的东西，我不想要有朝一日我可能不得不付出代价的东西。

直到有一天晚上，她问我要钱。

那一瞬间一切都改变了。

当我要离开时，她随口提出这个要求。当时我正在穿衣，或是在系鞋带。只听她说道："我想请你帮个忙。"

"什么忙？"

但是我知道这问题的答案。那时我意识到，从第一晚开始，我就一直在等这一刻的到来。

"我遇到大麻烦了。我丈夫……"她说了一大通她丈夫的事情，我也听不懂。未等到她说完，我回答道："好的，你要多少钱？"

"我要两百兰特。"

"好的。"

"你给我吗？"

"嗯。"

"算我借的。"

"没关系，"我说，"不要还了。"

我毫不在意地脱口而出。我们一直都是很随意地谈话。

从那以后我不时给她一些钱。有时她会问我要，有时我直接给她。在这些交易中，总会有第一次她开口要钱时那种恍然大悟的痕迹；而如今我们的共旅之路上，风景已殊。直到现在，我才意识到我在医院度过的大部分时光，是依靠小屋里发生的一切而得以维持的。小木屋里诞生了如此多的意义，尽管我一点也不懂。那一时刻之前的所有——无知的天真感——一下子都散去了。我开始怀疑一切。我有很多疑惑：我们的第一晚，当她叫我晚点再来的时候，她到底在想着什么？我每次来这里寻求安慰与释放的时候，她是否在找寻其他东西？钱是不是她一直以来唯一的动机？

现在我看到了，清清楚楚地看到了眼前的景象。这间狭小的陋室，有着沙土地，散发着怪味，并不只是我每晚逃离日常生活的、充满异国情调的背景，这里是她现实的久居之所。她非常穷，一贫如洗。我在出门时塞在她手掌里的硬币和钞票是我们之间难以衡量的隔阂的象征，是我们生活本身的差距。金钱无法填补这个鸿沟，金钱就是鸿沟。我们对彼此一无所知。

现在我无法停止思量。白天我的脑海里总是萦绕着晚上那一两个小时。再也无从得知什么是真实的了。我怀疑她对我说过的每一句话，甚至怀疑她是否真的住在那个小棚屋里。也许她并不属于那里，也许在我走后她会去别的地方。还有她的丈夫——真有其人吗？我从来没有见过他，只看到过停在屋外的白色汽车，但它可能是别人的。如果他存在的话——那个影子般的、不露面的男人——他知道我吗？他是在幕后操纵所有这些小事情的人吗？我所有撒过的谎，那么小而无伤大雅，就像在证实她也同样在说谎。既然撒谎如此轻而易举，为什么不呢？还有她的叹息、结结巴巴的英语以及那些手势，开始给我留下一种伪装与虚假的印象。或许她完全能听懂我在说什么。唉，我的臆测有一点点疯狂，这我知道。但是我无边无际的疑惑和猜忌，事实上和我自身的虚假一样深。

我开始白天去她那里。我告诉自己这是正确的做法：正大光明地在光天化日下去看她。但实际上我是在试图偷窥她的生活，想揭开她的面纱，结果却一无所获。我坐在木箱上，常常陷入长久的沉默。总是有人来来往往。有旅客或游人要出境或前往附近的狩猎场，他们会停留小憩，看看货架上的东西，有时会掏出腰包。有位住在小屋后面的村子里的妇女会送来食物或茶，装在破旧的搪瓷盘和杯子里。当她第一次看到我时，她立刻就跑了，看上去很害怕的样子，但玛丽亚一定和她说过什么，因为之后她总是会坐一会儿，羞涩地笑着并注视着我。但是她一句英语也不会。

然后不知发生了什么，这些都结束了。和我的婚姻一样，没有一个明确的高潮时刻；而更像是在此情此景下，我们两人之间的一个不可避免的东西，随着时间的流逝，融入了一些事件里。我那曾属于黑夜和沉默的奇异罗曼史已沦为平凡的白日琐事，和我的人生一样真实。

于是我不再去她那里了。或许不是一夜之间，而是渐渐变成这样的。我先是一周去一次，随之每半个月一次，然后一个月过去了才见一回。突然间，这一切都烟消云散。有时我会开车经过，但并不停留，只为了确定那个小屋还在那里。有一次那个白色汽车停在外面，我第一次真正地、发自内心地感到一阵嫉妒的痛楚。但是我没有回去。我对自己说，总有一天我会回去的，我只是要等短短一段时间，几个月吧，让时间涤荡曾经的错误。然后我就可以像以前一样,趁夜幕降临之时,不声不响地回去。一切都会回到从前的样子。但是这短短一段时间变成了很长的时间——一年、一年半,甚至更久。那时我才知道,我永远也回不去了。

直到我和劳伦斯·沃特斯开车路过的那一天,这次重逢,不知何故一切都变了,接下来也就发生了旧情重燃的事情。

4

劳伦斯来后的第二天早上,恩格玛医生叫我去她办公室谈话。我们坐的是她办公桌前的矮椅子,意味着这将是一场随意的、私人的交谈。

恩格玛医生是位六十岁出头、枯燥无味的女人,一脸肃穆。虽然我们说话时都以名字互称,我在心里仍然把她当作恩格玛医生,这表明了我们的真实关系。她是院长,也是我的老板和上司,但一段复杂的往事让我变成了她的接班人,我们之间的权力政治也变得棘手而脆弱。

我一开始来医院是为了接替恩格玛医生。在人生的一个十字路口,我看到这个职位的招聘广告。我的婚姻瓦解了,我也不能继续行医,我想重新开始生活。搬到这里来工作似乎是我正要寻求的机会。有一段时间,一切都按部就班地准备就绪。

恩格玛医生将要调任到卫生部设在城里的一个新职位。她已在医院工作十年多了,此前她人生的大部分时光都在海外流亡。她不想被困在这里,生活在世事的边缘,但对她来说,这是一个权宜之计,直到她逐步接近中心。现在她的机会来了。她所要做的只是找个人接班,而我就是她钦定的人选。事后我才发现,当时只有三名申请者。而遴选委员会只有恩格玛医生这一个光杆司令,她在我身上看到了她所要寻找的东西。

所以在一段时间内,一切都似乎很顺利。我提前一个月来到这里,向她讨教医院的运作。但在我就位的一两周后,那个职位,即她一直梦寐以求的什么东西,突然又没有了。某个地方发生了一些变化。而我的新工作也突然没有了。

我本可以离开这里。他们给了我一笔违约金和一封道歉信,我也可以躲回我原来一团糟的生活里。但是我决定留下来。恩格玛医生说,她想要的职位迟早会重开,如果我待在这里,当然我仍将是第一接班人。我并不相信她,但是我选择相信她。我对自己说,我不会待很久,一两年后我会重新考虑我的未来。

然而一两年变成了六七年,我还在这里。时不时会有新的传言,恩格玛医生的兴奋之声传入耳际:终于要发生了,马上要拿到那个工作了。但这一波波激动之情总是一次次地被放弃和失望淹没。这不是她的错,但所有这些骤来骤去使我们之间最平淡无奇的对话也充满紧张与意义非凡的感觉。

今天她却要谈谈劳伦斯。他昨天的所作所为——当着我的面就阑尾炎病人一事而让她下不了台——让她甚为不快。她想要他走,当然,她不会这么露骨地说出来。

"我有一种感觉,他找的是另一种医院,"她说道,"这里的配置,对他这样的人来说,太低了。"

"我同意。"我说道。

"你为什么不带他四处转转,弗兰克?带他去看一看我们整个地方。让他知道他来到了一个什么地方。如果他想转调到其他医院,我看一下我是否能够帮帮他。"

"好的,没问题。"

"当然这里也欢迎他。我没有说他不受欢迎。社区服务这一政策,我是举双手赞成的。我是创新和改革的拥护者,你知道的。"

"哦,是的,"我说,"我知道。"

创新与改革,这是她的一对关键词,是她喜欢不断挂在嘴边的口号。但也是套话。露丝·恩格玛会不遗余力地杜绝任何创新与改革,因为谁知道接下来会发生什么呢?但是今天我和她站在一队,我知道她想要什么,而她也明白我的感受。

"如果他走了,你就又可以一个人住了,"她说道,"这样每个人的生活似乎都能轻松不少。"

于是我带着劳伦斯四下观望。做向导的感觉很奇怪。我在这里待的时间太长了,此前我看着这一切,其实什么也没看见。然而现在一切变得清晰起来,好似我第一次来这里。我陪着他参观医院。院里的人气与活动只集中在主楼的一端,没有必要再往前走。推开几扇门,映入眼帘的是荒废的病房,一排排的病床被挂在横杆上的绿色遮帘隔开,如幽灵一般,空空荡荡。楼上是办公室,恩格玛医生在第一间办公,在医院入口的正上方。我们经过时,瞥到她在办公桌前俯首看文件,并且在上面写写画画。她抬头看到我们,会心一笑。然后就是一个接一个空无一人的小隔间,连最简单的家具都没有。所有这些房间都在等着欢迎从未出现的医生、病人、医务与工作。

虽然这所医院已经存在十年左右了,但它从未真正完工。中途有过太多的曲折。它最初是黑人家园第一任首席部长的项目,但当这些楼房刚建起来的时候,发生了一起军事政变,一切都被搁浅暂停了。直到两年后,才重新启动。但好景不长,在遥远的、真正的权力中心,白人政府终于倒台了,这里的一切又陷入悬而未决的局面。随后黑人家园也寿终正寝,重新囿于国家的管辖,这所医院的意义与未来也就永远地被一片迷茫笼罩。

所以这是一块奇怪的黄昏之地,介于一无所有与略有小成之间。一小堆不成一体的杂乱建筑,和镇上所有房子一样,慢慢地沦为废墟。屋顶杂草渐生。粉红色墙面——没人知道为什么它被刷成了粉红色——被日晒雨淋,已褪成惨淡的橙色。高墙和大门后的地面开始老化开裂。晚上,大多数被铁栅栏统一封住的窗户后面都是一片漆黑。

对我们几个还留在这里的人而言,生活在平庸与暴力两极之间延续。当什么大事都没有发生的时候,这个地方空空荡荡的,我们会度过一段百无聊赖的漫长岁月。然后突然会有一阵慌乱,有人受伤流血,在深夜来看病,而我们会努力帮助他们。但真相是,我们能做的事非常有限。我们的设备、材料与资源都颇为不足。或许更准确地说，有些东西我们一点库存也没有，而有些则在橱柜里堆得满满的。我们存有大量很少用到的药物，但由于这个体制的上游堆压着大笔未付的账单，重要药品的发放却被冻结了。比如说，我们有满满好几架的避孕套，都不知道该如何处理它们，但我们一直订购的基本用品，像棉签、无菌手套、X光纸等，却始终不见踪影。我们有一台电子呼吸机、一两套重症监护设备，但经常停电，我们也无法让省政府来修理院里坏了的应急发电机。在手电筒照明下，为重伤病人进行手术这样的事并不是没有过。

　　我们就寝的那栋楼的条件尤其糟糕。楼道远端有道门，通往一座侧楼，原先是计划作为主楼的延伸部。这里有更多的病房、办公室，真的就恰似主楼的镜像。但它已被洗劫一空，只剩下一两张铁床架，到处都耷拉着支离破碎的遮帘。其他所有有用的东西都被扫荡过了。浴室里的洗脸盆被人从墙上卸掉了，淋浴的金属喷头也被拆走了。水管悬挂在半空。有一两个病房的玻璃窗破了，鸟儿飞进来安巢。鸽子的咕咕啁啾声在一片死寂声中诡异地回响，白色的星状排泄物溅落在地。

　　我们踱步穿过这片无人管理和缓慢衰败的地方，谁也没有说话。当我们走到另一端时，入口本应是通向外面的停车场，如今已被木板封锁堵塞住了，我们只好停了下来。透过一扇窗户，可以看到我们与主楼之间的那块荒草丛生的空地。树叶的影子在我们脸上不停摇曳。

　　"我想这不是你想象中的样子吧？"我说。

"对。"

"你不一定要留在这里。如果你请求调动,恩格玛医生肯定会——"

"哦,"他惊讶道,"我想留下来。"

我看着他,用未曾有过的锐利眼神,第一次认真地注视了他。他身材颀长,又挺拔又清瘦。在一排金发的刘海下,他的脸庞平坦而开阔。这是一张普通的脸,很平常,但那个我第一眼就难忘的特质,好像第二层皮肤一样盖在上面。这个特质让他的脸看起来有些与众不同,但我无法用语言形容它。

"你为什么来这里?"我问道。

"你知道的啊。"

"我是说,为什么是这里?你申请来我们这个医院,是你指名要求的,为什么?"

他把眼镜摘掉,在袖子上擦了一下。他看着窗外,灰色的眼睛蒙眬地眨着。"我听说这是个很小的地方,"他说,"听说有很多问题。"

"我不是很理解。按道理这些应该是不来这里的理由。你为什么对自己这么狠?"

他不想继续搭我的话。他戴上眼镜,指着窗外的远方,树的顶端之上,直到镇郊最高的山:"看,那是什么?"

"以前准将的家。"

"准将是谁?"

"你是认真的吗?"

"当然。我应该知道吗?他做了有名的事?"

"他搞了军事政变,推翻了黑人家园政府。"

他脸上的兴趣已熄灭。他环顾四周,眉头又紧皱起来。

"这一切,"他说道,"会不会就被浪费掉?有什么措施吗?还是它们就一直放在这儿?"

"它们都会被肢解掉,恕我直言。已经被洗劫过了,都偷走了。看,你看这惨象。"

"真可怕。谁干的?"

我耸了耸肩:"谁都可以进来。门没有上锁。"

对我来说,这看上去并不是很重要,但他却被深深地惊呆了。我能看到他注意到这条脏兮兮的通道上所有裸露的地方:缺失的墙裙、掏空的灯具、扯落下来的光秃秃的电线。他摇着头,问道:"为什么?它们去哪儿了?"

"外面有很多穷人。这些他们都用得着。"

"但这就是为他们开的。医院,是为他们服务的。"

"你去跟他们说吧。"

我以为他快要哭了。他的表情陷入了一种左右为难的窘境,难以自拔。我把手放在他的肩膀上,说道:"走吧,我们回去吧。这里太令人难过了。"

"为什么没有人做些什么呢?"

"他们该做什么呢?"

我们穿过这个奇怪的陵墓往回走,尘封的地面上留下了我们的足迹。鸽子看到我们走近,仓皇逃遁。出来后,我在烈日下不断眨眼,说道:"走完了,这就是我们的医院。"

"没有别的了吗?"

"嗯,我们开车去兜兜风,好不好?我们可以看一下镇子。"

他有一辆迷你的蓝色大众甲壳虫,比我的车还旧还破。他稳坐在方向盘后,看上去适得其所。他显示出一种几乎是漫不经心的举止,一点也不像那个穿着白大褂的、认真的年轻医生。"怎么走,弗兰克?"他问道,"你告诉我去哪儿。"

主街是镇上唯一的柏油路,我们沿着它缓缓行驶,路过一家家空荡荡的商店,货架上也是空空如也。偶尔有一家仍在营业的店面点缀其间:小超市在热浪中孤零零地站着,门可罗雀,只有一名收银员无聊地站在收银台前。店外的保安用帽子慢腾腾地扇着风,看着我们的车开过,好像电视上发生在远方的事件。在主十字路口,雕像凌驾于开裂坍塌的喷泉和干枯的椭圆草坪上,摆着坚毅的姿势,一手叉在腰部,一手指向前方,指向未来或灌木丛的方向。他的双腿已生了绿锈。

"那个就是准将。如果你感兴趣的话——"

"在哪里?"

"我说的是那个雕像。"

"哦,原来如此。"

"我可以讲个雕像的故事给你听。"

然而他脸上的好奇之光又黯淡了:雕像的传奇属于一个他生活以外的世界。所以我没有告诉他我来到这个小镇后不久,曾去附近的乡村远足。那些日子里，我内心充满迷失人生方向的愤慨，于是我背着背包和帐篷，在丛林中长时间盲目地行走。我几乎从不清楚自己要去向何方，但有一天，当我在镇子北面边境内的一处荒草遍地的峡谷里披荆斩棘时，我看到一个巨大的金属物体，半埋在沙地里。它可能是从天而降的。那是一座旧的半身雕像，有汽车那么大，当我清除了一堆藤蔓等攀缘植物后，终于认出那是黑人家园前首席部长的脸。这青铜铸成的大人物，表情里刻有一种深邃的虔诚。那还是在军事政变和二十四起腐败与欺诈罪名指控之前，当时他还没有四处逃生。

直到几天后，我才想起来，这具半身像曾矗立在主十字街头的基座上，如今已被准将的雕像取代。我能想象当时一簇欢呼雀跃的士兵，用斧头、铁链和撬棍把它砸倒的画面。我不知道他们是用什么办法把半身像弄到峡谷中间来的，但它看上去就像一只被斩断的铁头，而残躯一定躺在附近某个地方。我之后再也没有去过那里。

我带劳伦斯去参观议会大厦荒谬的圆顶，但它被钉子封上了，早已废弃不用了。我带他去了图书馆，里面从来没有过藏书。学校也从来没有上过一天课。几栋公寓楼，本是为所有按计划要来镇上办公和提供服务的工作人员而准备的机关宿舍。确实有些工作人员也来了一小阵子，但到了后发现并没有工作。然后麻烦事就开始了，最后他们又纷纷离开，从哪里来又回到哪里去。只有一小部分人留在镇上，还能不时看到他们零星几个人，穿着各自的制服，在这一无是处的空间，迷失了自我。

接下来我们驶到了镇子的另一边，只走了短短一段，道路就渐渐地消失了。路边的建筑也随之不见了。我们面前又是一片丛林：枯竭的荒草中，蚁穴和荆棘树耸立。在远方，一片森林含黛。

他坐在方向盘后面，凝视着似火热浪。他脸上带有那种在医院里的沮丧神情。"我们现在怎么办呢？"他说。我想我能觉察到他带有一丝绝望的口吻。

"你想喝点东西吗？"

"哪里有？"

"镇上有个地方。"

"真的吗？"

他瞪着我，也许他怀疑我在开玩笑。但姆特姆布妈妈的店确实很舒适，和镇上其他地方不同，这里一直宾客如云。镇上倦怠的公务员和下班的工人会蜂拥而入。今天，我们坐在三角梅点缀下的小庭院里，空虚与孤独被锁在了门外，我们可能身处任何地方，在任意一个快乐的乡村小镇。肮脏的塑料桌和酒吧里悲伤的面容并不会影响我们的心情，我们沉浸在众声与律动中，有种群居的幻觉。

姆特姆布妈妈是位身体非常圆润的老太太，每次都穿着同样一件印花衣服和人字拖鞋，她一直面带笑意，露出很宽的齿缝。她有很多值得欢笑的理由，比如，她是镇上唯一生意兴隆的店主。当她刚开始做生意的时候，这只是个旅馆，但出于众所周知的原因，生意亏得惨不忍睹。两层楼的房间和医院一样空空荡荡，然后主营的生意就转移到了楼下和室外，到了庭院和酒吧。

她走过来，一边流汗，一边和蔼地笑着，用一块脏抹布擦桌子："您今天过得怎么样，医生先生？"我在小镇上这么长时间，尽管我刚来的时候还在她旅馆留宿过两个星期，她却从来记不得我的名字。

"我很好，妈妈。您呢？"

"每天都差不多。你的这位朋友是谁？"

"他叫劳伦斯·沃特斯。他是新来的医生。"

"欢迎，欢迎。来杯啤酒？"

她走后，他问我："你为什么叫她妈妈？"

"大家都这么称呼她。"

"但为什么呢？"

"我不知道。大家都喜爱她或出于其他什么原因吧，比如尊敬？我也不知道。"

他环视着庭院里的其他顾客，可以看出来他的举止放松多了。太阳半落，顾客的谈笑声此起彼伏，真是个好地方。当妈妈给我们端来冰镇啤酒，我们畅饮了一大口后，他叹了一声："在医院里，你问我为什么来这里。"

"对。"

"我想解释给你听，但是我不确定你是否会理解。所有的人，我指那些我的同学，只想拥有一个最舒适的职位。事实上没有人想要去做社区服务，他们对这个项目有怨气。当他们不得不去的时候,他们希望有方便的条件,你知道的,比如去一家好医院,离家近。他们对社区服务这个事业并不关心。"

"那你呢?"

"我想,我要和他们不一样。我要去最小的地方,最偏远的地方。我要去吃苦。"

"为什么呢?"

"我不想和他们一样。"他不自在地透过眼镜注视着我,然后又垂下了眼帘,"为什么?"他说道,"你觉得我傻吗?"

"不,但这是个很大的象征性姿态。你会有什么收获?"

他小心翼翼地说道:"我想做些有意义的工作。"

"你是想做实事的,"我说,"但你却来到一个并不是老有事做的地方。"

他咬着嘴唇,沉思了很久。"这里一直都这样的吗?"他最后挤出来一句,"我的意思是说,不可能一直都这样。"

"为什么不可能?"

"这明明可以改变的。"

"怎么变?"

"人会改变事物,"他说道,"人创造东西,他们可以改变事物。"

"你很理想化。"我说。

我想说的是,你太年轻了。我想告诉他,你坚持不了的。

"对。"他高兴地点着头。他没有发现我在批评他。他喝了口啤酒,又重拾了严肃的表情。"你知道吗?"他说道,"我喜欢你,弗兰克。"

我没有接话,这个表白让我不知所措,但事实是我也喜欢他。我和他没有深厚的交情,只是短短在一起相处了几个小时,但就是有这种感觉,我已经觉得很难完全怨恨他。

不过从另一个角度看,这让我对他越发怨恨了。

5

从一开始，我觉得劳伦斯就像两个人的合体。一方面他是我的影子，在我醒来刚睁开眼时等着我，跟着我去吃一日三餐、上下班，在我的房间里鸠占鹊巢，是个不受欢迎的僭越者；另一方面他是我的伙伴和知己，他用同理心和体贴的话语慰藉我平庸的日子。

因此和他交往时，我也是两面人：一位是阴暗、愤怒的弗兰克，觉得自己是只困兽；另一位则是温柔点的弗兰克，很感恩自己不是孤单一人。

上一次我和别人共享一室还是与我的妻子凯伦，但那不是同一性质的同居。男伴，幽闭空间的两张单人床，好似重回到军营。但并没有外界强制的纪律军规，甚至没有任何规则。只是两个不同世界的人被扔在同一个盒子里。

他有点邋遢，不修边幅。他的习惯从第一天开始就没有变过：衣服七零八落地乱放，浴室地上溢满了水。我一直在帮他收拾残局，但他似乎从来没有意识到。我从超市买了一个烟灰缸，并把它放在桌上显眼的地方，他仍把烟头扔出窗外。这让我快疯掉了。

但从另一方面来说，他又很整洁，自制力强。他会随心所欲地突然想起要清扫某个角落，或擦净某块墙。然后他便以一种独有的猛劲擦洗揩拭，直到满意为止，随之他会背靠在墙上，点上一支烟，悠然地喷云吐雾，烟灰掉落在地毯上。

有一天我回来发现他正在重新摆放房内的家具。他把咖啡桌、橱柜和落地灯都摆到了新的位置。这其实无关紧要，不会影响什么，但是我感到一阵愤怒，仿佛他蹂躏了我的家。

"你不能太把这里当成自己的家，"我对他说，"你只是暂时住在这里。"

"你说这话是什么意思？"

"你不会长期和我住一起的。当桑坦德夫妇离开时，恩格玛医生会把你安排到隔壁他们的房间。"

"哦，"他看上去大吃一惊，说道，"我不知道。"

但是家具还是按照他的摆设，放在了新的位置上，过了几天，我觉得它们看上去自然且正常。不久后他换了窗帘，在墙上贴了几幅画。我再次感到了那种愤怒，但是这次变弱了，不是那么强烈。当他在床上方的窗沿上为他的女朋友摆了一个小壁龛时，我几乎没什么感觉。

壁龛里有一位短发的小巧黑人女子的几张照片。他在照片周围放了一小堆石子、一片干树叶和一只手镯。这些东西对他有某种特殊意义。

"她叫什么名字?"

"扎内勒。"

"你在哪里认识她的?"

"在苏丹。"

"苏丹?"

我的惊奇让他很开心。"对的。我毕业后在非洲各地旅行了一整年,去了苏丹一阵子。"他说。

"她当时在那里干什么?"

"当志愿者,帮一个饥荒救济项目。她一生都致力于这样的工作。"

他轻描淡写地说着,但我可以看出他很认真地看待这件事。这样的时刻,让我觉得他是个谜。他看起来又简单又直爽,然后他又表现得并非如此。

"你的女朋友现在在哪里呢?"

"莱索托。她搬来南非,想离我近一点,但是她随后又加入了另一个援助组织,然后……"他声音越说越低,很开心的样子,"她就是这样的人。"

他为她感到骄傲,也为他们之间的关系自豪,但有些地方还是有些许奇怪。他们两地分居,一切亲密关系只能通过照片与信件这样仪式性的东西来维持,而他却表现得近乎如释重负。他们每周一次频繁通信。我瞥了下寄来的信封上她的笔迹:苍劲、挺拔、清晰。一点也不像他那蜘蛛般东倒西歪的字体。不知何故,他们的关系只存在于远方飞鸿的来来往往间,存在于床头壁龛的正式表态中。

并不是所有放在床头的照片都是他女朋友的。有一张是一位岁数大一点的妇女,肤色黑、瘦弱、头发往后梳。她为了配合照相,在满面愁容中挤出了一丝笑容。

"你妈妈吗?"

他快速地摇了摇头:"我姐姐。"

"你姐姐?但她看上去非常……"

"老?是的。我们年龄相差很大。从某方面来说,她就像我的妈妈。我父母死后,是她把我养大的。"

"我不知道这些。对不起。"

"哦,没关系。很久以前的事了。"他对我讲了他父母在二十五年前的一场车祸中去世的情况,"当时我还是个婴儿,完全记不得他们了。"他又告诉我他姐姐当时已二十岁,把他接过去抚养成人。他们住在一座萧条的沿海小镇的穷人区,我从来没有听说过这个地方。他后来获得了奖学金去学医,这是他第一次离开家。

他用轻快的口吻向我描述所有这些细节,仿佛它们都是微不足道的琐事。但是我能看出来它们对他的影响是根深蒂固的。

我说:"我小时候也失去了妈妈。"

"真的吗?"

"十岁的时候。我记得清清楚楚。她得了白血病。"

"这是你成为医生的原因。"他说道。

这是一句宣言,而不是疑问。我大吃一惊。

"我想不是吧。"我说。

"什么时候你意识到——真正意识到你想成为一名医生?"

"我觉得我没有经历过这一时刻。"

"一次也没有?"

"对。"

"为什么呢?"

"我不知道,"我说,"我没有过。"

他笑了:"我知道我的那一刻,历历在目。"

他就是这样的人。人生的一切皆由宏伟蓝图设计而成。他恍然大悟的那一刻是反复演练过的、讲给自己听的故事。

"那时我十二岁。父母埋在离家不远的墓地里,姐姐总是说有一天她会带我去看他们。但她从来没有带我去。于是我决定自己去看看。

"之前我每天都经过那里,地面上立着十字架。这一天我从门口折了进去,开始东张西望。我走啊走啊,天气炎热。我从来没有见过这么多死人。我走了一圈又一圈,上上下下,四下寻找,但就是找不到他们。

"我当场就哭了。一切都太难了。这时候有个黑人老头看到我了。他在这里上班,穿着一种白色外套样的制服,他有一封埋葬于此地的人的名单。他还有一张墓地指引图,但是他也找不到我父母。"

"为什么?"

"我不知道。我把我爸爸的名字告诉他——理查德。但他说地图上没有人叫理查德·沃特斯。我就放声哭个不停。

"他对我很好,带我去他狭小的办公室,给我茶和饼干。他和我闲聊一会儿,后来我感到好点了,就回家了。我姐姐在家里。"

"你和她说了吗?"

他垂下了眼睛:"嗯。豁然开朗的瞬间就在此时。我无法解释。她对我也很好,抱着我,用各种方法安慰我,对我说有时间我们一起去探墓。但在我心中这一切都浑然一体了——她的善良,那位黑人老头……"

"还有他的白外套。"我说。我们两个人可以就着他的伪心理学一唱一和。

"白外套,"他喃喃地说道,"对。弗兰克,你可能说对了。当时一个想法在我心中油然而生。"

"就是你应该要做名医生。"

"对。虽然当时并不是那么清晰,你知道的,但是……这个想法已萌芽了,从那一刻开始。"

"因为你的父母。"

"这就是我怎么知道你一定也是这样的。你妈妈的去世。我也是因为父母之死而幡然醒悟。弗兰克,我觉得我们很相似。"

"但是我从来没有过这样的时刻。"我说道。

"或许你忘了,"他说,"但是你有过。"

他对此非常确信,而我知道我从未有过如此清晰的时刻。我从来没有过一种狂热的使命感,而只有过骚动的野心和取悦父亲的热望。然而他向我提出的疑问却一直萦绕在我脑海中，困惑着我。我感到我应该也像他那样，有顿悟的刹那。直到很久之后，我才开始怀疑，他在墓地的天启故事是否真正发生过。

他此后再也没有提及过此事。他忙于询问其他事宜，无法顾及。当他寻求解答的时候，他全无一丝体谅或克制的意识。有时候他会让我惊慌失措，但我也发现我会告诉他一些我以前从未启齿的事。

比如说，我的婚姻。这可不是我愿意对每个人都开诚布公的一个话题。并不是说它还会给我带来巨大痛楚——痛苦神经已死——但它仍是私密的、未公开的。然而劳伦斯来了一两个星期后，他就一头扎了进来。

"我注意到你还戴着婚戒。"

"因为我还结着婚。"

"真的啊？那你妻子在哪里？"

没过多久，我就把各种各样微妙敏感的话题都告诉他了。比如，凯伦是如何与迈克——我军队服役期间的好哥们儿，也一度是我行医时的搭档——私奔的；他们是如何在一起同居的；我在这里的隐居生活是如何拖延了离婚手续，使得我和她仍然在法律上保持着夫妻关系。

"那什么时候能离？"

"我不知道，"我说，"六个月之内应该差不多了。她最近又开始推进离婚手续了。我猜他们急于出国。"

"她会再婚吗？"

"我想是吧。"

"和那个人结婚,你的战友?"

"迈克?对,他们还在一起。她说他是她一生的挚爱。"

"他从来都没把你当朋友,弗兰克,"他郑重其事地对我说,"没有一位知心好友会对你做那样的事。"

"我心里一清二楚,劳伦斯。"

"我永远不会对你做那样的事。永远、永远、永远。"

"那很好。"

"我再也不会戴那个戒指。"他说道,"弗兰克,为什么还戴着它?"

"我不知道,"我说,"习惯了吧。"但是我手指上的闪闪金光更像是一个象征,而不只是一种习惯。我握紧了拳头,想把它隐藏起来。

当他说"我永远不会对你做那样的事"的时候,他想让我知道他是我的知交。我想他几乎从初来乍到的那一天就有这样的感觉了。然而这并不是投桃报李的关系。在我眼中,他是一位室友,一个打扰我生活的过客。

但我发现我很长时间都和劳伦斯相处在一起。很多时候我并没有选择:不论是在宿舍,还是上班的时候,他都被分配在我手下。然而除此以外,几乎不知不觉地,我们互相为伴了。比如说,在娱乐室打乒乓球好像成了一种仪式。以前我很少去那里,那是个让人悲伤的房间。但不知道为什么,一边把塑料乒乓球在桌上推来挡去,一边天南地北地闲聊,感觉并不是那么令人生厌。我们的对话基本就是那样：无足轻重、无关大局，只为消磨时间。

我们还一起远足了几回。我曾经独自一人长途跋涉，如今我们重拾这暌违已久的步行活动。我记不清是他还是我先提议的，但是他不知从哪里搞来一张周边乡村的大地图，贴在床头的墙上，每周至少一次会把它摘下来，规划一些我们休息日可以试走的路线。我们准备了三明治和啤酒，沿着丛林的各条小道开始我们的征途。我也带他去重温了我记忆中的老路，有的路线景色壮丽。这些郊游大多轻松快乐，尽管他在野外一直不大自在。

晚上我们也越来越频繁地去姆特姆布妈妈的店里。当然那地方对我来说并不陌生，我曾经光顾过很多次。但以前我的习惯是偶尔在傍晚时分去，因为我不喜欢晚上那种人潮如流、烟雾缭绕的气氛，下班后的医院员工也经常会在，虚情假意地把酒交心会让人感到喘不过气来。但现在，有劳伦斯跟着，不知道为什么，那里反倒成了诱人的去处。

我们下班后来到妈妈店里，医院里的劳动分工和职位等级都消失了。特姆巴和尤利乌斯——医院的两位厨房工人——的地位是与豪尔赫和克劳迪娅夫妇平起平坐的。有时甚至恩格玛医生也参加这些聚会，在没有地位之分的同僚间显得很不自在。虽然我从来也未曾完全放松过，但在这些场合下，劳伦斯的平静自若多少还是传染给了我，我变得不再那么疏远和高傲。

有一次，在从深夜酗醉中醒来的早晨，我发现我一个人和豪尔赫坐在早餐桌前。他轻轻地舔着自己的八字胡,说道:"那个年轻人——你的朋友——他是个棒小伙。"

"谁?劳伦斯?他可不是我朋友。"

"不是啊?但你们一直形影不离。"

"恩格玛医生把我们安排在一个宿舍,但我对他不是很了解。"

"他是个很棒的年轻人。"

"他非常棒,但他还不是我的朋友。"

我知道这很奇怪,但是别人以这种方式把我和劳伦斯联系在一起,我感到有点不舒服。"朋友"这个词让我产生一些联想。迈克一直是我的朋友,直到他和我妻子私奔了。从那以后我再也没有交过朋友。我不想别人靠我太近。

但是这个词不停地出现。你朋友做了这个,你朋友当时在场,你朋友最近怎么样了?这个词每在我耳边回响一次,就会磨钝一点点,直到后来它失去了那种刺人的锋芒。

"你和我们新来的朋友谈过了吗?"有一天当我们一起走回住宿楼的时候,恩格玛医生问道。

"谈什么?"

我根本不知道她在说什么,这也许标志着很多事情都改变了。

"嗯,就是那件事,你准备带他熟悉一下周围的环境……讨论是否可以把他调到其他地方。"

"啊,对。是的,我和他谈过。可是他在这里很开心,他不想离开。"

"哦,我还是头一次听说有人不想走。"她说道。我们的脚步整齐一致地落在碎石上,嘎嘎作响。"或许……"过了一会儿她说道,"你可以给他施加一点点压力。"

"其实他在这里也没关系。"

"真的吗?你的意思是你乐意和他住在一起?"

这是另一个问题,和前面讨论的是两码事。

"不,"我说道,"露丝,如果有新的空房间,桑坦德夫妇的或者其他人的,我会感激不尽。"

"我会放在心上的。"她对我说。

但是从那一刻起,我就知道什么都不会改变。劳伦斯会和我住在一起。

"他们不会走。"某天当我们一起值班时,他告诉我。

"谁?"

"桑坦德夫妇。你说他们要走了,我会搬到他们屋里。但昨天我和他们谈话,他们说会留在这里。"

事实上,我碰巧也听到了他们当时谈话的大致内容,所以我知道他没有搞清整个事情的来龙去脉。当他们在娱乐室郑重其事地讨论时,我正坐在餐桌旁,一动不动地听他们说。

"为什么来南非?"劳伦斯问道。

"机会。"豪尔赫回道。

"确实是机会,改变现实的机会。现在世界上有这样可能的地方不多了。"

"对，对。"豪尔赫一字一顿回应道。

"钱多，"克劳迪娅说，"房子也好。"

"对，嗯，也是。但是我说的不是这些。"

"你说的是什么？"

"我相信这才是这个国家的开始。过去的历史无关紧要，一切都从现在开始、从底层开始。所以我想留在这里，不想去世界的其他地方，我在不在那里都无关紧要，我在这里却能改变点什么。"

桑坦德两口子是一对来自哈瓦那的中年夫妇。为了缓解缺医危机，几年前卫生部从海外引进了一大批医生，他们作为其中的一对被派过来了。他体态发福、和蔼可亲，蓄着大胡子，聪明但不咄咄逼人。他的妻子是位情绪易变、容貌姣好的中年女人，不大会说英语。一年前我和克劳迪娅的短暂偷欢让她对我怀恨至今。他们的房间就在我隔壁，很多个夜晚，我隔着墙能听到他们刺耳的西班牙语的吵架声，最近尤为频繁。她想回家，不想待在这里了，这已是公开的秘密，而他却想在这里成就一番事业。他们的婚姻出现了裂缝。

"这个国家，"劳伦斯充满激情地说，"需要像你们这样的人，有责任的、想有所作为的人。"

"是的，是的。"豪尔赫说道。

"他们告诉我们，好房好车，"克劳迪娅说道，"但他们没有告诉我们，索韦托。啊，索韦托！"我能想象她在颤抖。

"我不会介意去索韦托，"劳伦斯说道，"但这里更好。这里真的是蛮荒之地。"

桑坦德夫妇对索韦托的看法，我略知一二。在我们恋情的暴风骤雨期，克劳迪娅向我倾诉了他们的经历。那是他们在南非工作的第一个城市，是他们想去的地方。也许和劳伦斯一样，他们想一展宏图。但他们对每天接踵而至的病例无能为力。他们从来没有见过那么多暴力，那么极端的暴力。每周六的晚上，急症室里都是刀伤、枪伤和被碎瓶子致伤致残的人。"就像战争一样，"克劳迪娅哭道，"好像外面一直在打恶仗！"医院本来就疲于应付日常的病情与事故，现在更是捉襟见肘。半年后他们申请转院，于是他们在这里找到了落脚之地。

可以说是克劳迪娅在索韦托的经历引发了我们之间的恋情。她刚来几周后的一个晚上，一个女病人被紧急送来救治。村里的一帮私刑暴徒袭击了她，用刀捅了她，并对她拳打脚踢，甚至说她是名女巫，要把她当众烧死。她的伤情非常严重，有生命之虞，因此我们都忙得不可开交，竭尽所能地想救她。最后她还是伤重不治。离我们最近的医院开来一辆救护车，把她的遗体拉走了，然后在虚空落寞的凌晨时分，只剩下克劳迪娅和我两个人留在了办公室。霎时她喜怒不形于色的面具破碎了，掉落在地。她号啕大哭起来，禁不住全身发抖，她人生中第一次在这个国家的经历所带来的惊恐，被压抑了几个月，而在这一刻全在这间房子里释放了。"人怎么可以做出这样的事情？"她哭道，"怎么可能？怎么可能？"

我抱着她,去安慰她,她像个小孩一样抽泣。我知道,也能感受到,这些恐惧来自何处。这个国家的有些事情太过分了,有些东西已经失控。就像一股强烈的怒火,从它的禁闭之地喷薄而出。我只能通过拥抱来安慰她,但马上安慰转变成其他东西。它是如此强烈——悲伤汇流成情欲的汪洋。第一晚,我们就像夜行动物。连续几周我们都在荒弃的病房或黑暗通道的角落里幽会。那段时间是我和玛丽亚中断联系后的漫长空窗期,这段偷欢弥补了我生命中的缺失。我没有什么可失去的,而她却会失去很多,我们之间的欢愉是疯狂的危险。我们随时可能被捉奸在床。至少我们从来没有在我的宿舍密会,因为和她丈夫的房间只有一墙之隔。

但我想他是知道的。那晚以后,我们之间总有一份尴尬的紧张感,当然这也可能只是我的内疚。直到最近,有了劳伦斯在场,这份紧张的关系才有所缓和。

"但是他们会走的,"我对他说,"铁板钉钉。只是时间问题。"

"我觉得不会。他们是一对充满爱意、尽心尽责的夫妇。"

"对什么尽责?"

"哦,你知道,这个国家、未来……所有这一切。"

"别傻了,"我说,"他们没说,但这是公开的秘密。每个人都知道。"

"豪尔赫告诉我,古巴是个坑。"

"对,是的,"我说,"事情比较复杂。豪尔赫不想回去,但她想。他们为这事天天吵架。"

"你认为她会赢？"

"她会赢。"

"瞎说，"他说道，"再说了，他们连架都不吵。"

"你难道没有听到他们在隔壁吵架吗？"

"没有，绝对没有。"

"不管他们。"我生气地说道，"你不是要搬到桑坦德夫妇的房间，是特霍戈的。"

"特霍戈的房间？"

我不知道这话是从哪里来的。我只是突然脱口而出，但一旦说出口，这些话就披上了真相的外衣，越传越甚。

"是的，"我接着道，"特霍戈的房间。不管如何，他都不应该住在那里的。他很快就要搬走了。"

"他要去哪里？"

"我不清楚，"我说，"这无关紧要。"

特霍戈的房间——我们通道左侧的最后一间房——本来应该是给医生住的。但特霍戈不是医生，他是护士。严格来说，就资格而言，他甚至连护士都不合格，但他在医院里做护士应该承担的工作。

他比我在医院待的时间长。当我刚来的时候，他就住在那个宿舍里。从来没有人和我详细说过他是怎么来这里的，但他的来龙去脉和多年前黑人家园的困境息息相关。可以确定的是他的家人——父母、兄弟和叔叔——相继在几次政治暴力事件中失去了生命。好像他们家族和准将本人有某种姻亲关系，杀戮是对此事的报复。

所有这一切都是混沌模糊的。唯一清晰的部分就是特霍戈本人，他是个孤儿，形单影只，无家可归。那时他一边备考注册护士，一边在医院上班，他每次考试都不及格，但因为没有其他备选护士，他就被留下来了。他以前一直和家里人住在一起，每天来出勤。正巧是因为他在医院上班，才躲过了灭顶之灾。但现在他已没有家了。

恩格玛医生给他安排了宿舍，这似乎只是权宜之计，让他在重新找到立足之地之前可以有个地方住，但他一直留在了那里。其他护士都走了，他逐渐接手了他们的工作，现在他成了这里唯一能够或愿意做各种各样杂务（搬运东西、帮病人清洗或喂食、清理地板、传话）的人。他即使不值班，也至少随时待命，所以他住在这里，住在医院，是符合情理的。但背后可能隐藏着比这更为复杂的内幕。虽然也不过是道听途说、流言蜚语，但有一个传言说准将曾经亲自向恩格玛医生打过招呼，让他的这位年轻亲戚留下来。

这是几年前还在这里上班的一位白人医生告诉我的。他满怀怨言、身心疲惫，我没有把他的闲言碎语太当回事。但恩格玛医生对特霍戈的关注不仅仅是停留在工作层面。她对他甚为热心，嘘寒问暖。在员工会议上她曾特意鼓励他参与讨论，她在院长办公室和他进行私人谈话，有一次她问我是否可以多多关照他。

我试着按照她说的去做了，但特霍戈是个很难接近的人。

他郁郁寡欢，一直沉陷于自己内心某处的黑色深渊。除了一个社会上的年轻小伙经常过来找他闲逛，他似乎没有朋友。我尽量不想怪他，他肯定饱受家破人亡惨事的折磨，但现实是他看上去并不像个受害者。他年轻英俊，永远衣着光鲜，一耳戴着耳环，脖子上套着银色项链。他在外面有收入，但没有人提及这件事。我们必须把他当作可怜的特霍戈，一无所有、深受创伤。不可思议的是，他的无力是多么强而有力。他寡言不语，只有在回答一些问题时，才会勉强挤出一两个音节。他从未对我的生活表现出任何兴趣，因此我也很难对他的生活产生好奇。长期以来，他一直是昏暗通道尽头的沉默的存在，或时而坐在员工会议的边缘，一言不发。我几乎都注意不到他。

但现在随着劳伦斯的到来，我不得不注意特霍戈。我注意他的原因是他占据了应该分给劳伦斯的医生宿舍。但是我对劳伦斯撒了谎：特霍戈不会走。他没有房间，也没有任何地方可以去。

"哦，好吧，"劳伦斯说道，"特霍戈是个怪人。我想和他说话，但是他很……"

"我知道你说什么。"

短暂沉默后，他怅然说道："弗兰克，我喜欢和你住在一起。"

"是吗？"我现在为我的气恼和谎话而感到内疚，"也许他不会走。"

"你这么认为吗？"

"有可能的，"我说，"有可能我们都不会动。"

6

劳伦斯无法在一个地方静坐很久。有一种骚动不安、横冲直撞的能量使他充满热火。如果他不是一边来回踱步一边喷云吐雾,就是在院里昂首阔步,左顾右盼,问东问西。为什么墙被刷成粉红色?为什么食物这么难吃?为什么这些废弃的空间没有被利用起来?为什么、为什么、为什么——这些问题带有一些孩子气。但是他也有成人的足智多谋,希望现状会有所改变。

一个午后我回到宿舍,发现他在费力地和通道尽头的门较劲。

"你在干什么啊?"

"过来帮我一下。"

他正试着把一条链子和挂锁套在门把手上。墙上没有插销,所以他不得不把链子的一端绕在灭火器的金属支架上,而灭火器要么被偷走了,要么从来没有配置安装过。

"如果有一把这扇门的钥匙,就简单多了。"我对他说。

"没有。我已经找过了。恩格玛医生让我在备用钥匙堆里选过了。"

"你为什么要锁这扇门啊?"

他惊讶地眨着眼睛:"你应该知道啊。你看到那里面发生的事。"

我想了一会儿,才意识到他说的是在荒废的侧翼楼里发生的洗劫与偷窃这些事。

"但那是以前的事。现在做这些又有什么用呢?"

"有什么用?"他狐疑地笑了,"你不是在开玩笑吧?就根本不应该有这些偷盗罪行。"

"劳伦斯,劳伦斯。"

"干什么?"

我帮他把链子系在墙上的灭火器支架上,并锁起来。但是一眼就能看出来,这个挂锁是个不牢靠的便宜货,一下子就能把它砸断。

他所做的就是这样的事。不久后的某一天,我看到他在我们的房间与主翼楼间的空地上割草。我在医院这么多年,从来没有人碰过那片草地。没有割草机,他不知从哪里找来一把生锈的旧镰刀。他满脸通红、汗水淋漓,进展却很慢。在娱乐室后的台阶上,医院的厨房工人,特姆巴和尤利乌斯,一脸困惑却津津有味地看着他。

"你的朋友疯了。"尤利乌斯对我说。

"嗯,割掉了就好看多了。"我说。

我想这才是割草的意义。当一堆堆茂密的褐色枯草从厨房后面运到劳伦斯在那里新建的堆肥场的时候，两栋楼之间的地面平整如新。看上去确实很棒。

但劳伦斯只是眉头紧皱地看着它，站在那里喘着大气。

"怎么啦？你完成了一件大事。"

"是的，我知道。"

"你难道对自己不满意吗？"

"不，我满意，"他说，"我满意。"

但我觉得他看上去并不满意。

第二天，他爬到楼顶，把上面乱生的杂草败叶都拔出来。太阳很毒，正值正午，他高高的身影在孤独的劳作中时而拉得很长，时而缩得很短。我给他送了一瓶水，他喝水的时候，我站在他的身边。

"没有人会因为这个而感谢你的。"我说。

"感谢我？什么意思？"

"我不知道你为什么要吃这个苦。"

"楼顶应该是干净的。"

"也许是的，但没有什么实质的改变。这些东西还是会长回来。"

"没有关系，"他倔强地说道，"收拾干净了，它看上去很清爽。"楼顶现在确实看起来很干净，就像楼下他清理的地面一样。从我们的站立之处，可以俯视整个小镇和周围连绵的山丘，高远宽阔的视野让我心旷神怡，感觉充实，仿佛我也劳作了一整天。

但是当然我是对的：杂叶荒草又重生了，当那些绿色的植物一点一点缓缓地爬生出来时，没有人提及一句话。也没有人把它们割了。劳伦斯的注意力已经被其他地方的一个新项目吸引走了。一两个月后，当我看到有人把系在通道尽头的门链上的廉价挂锁砸碎的时候，我也保持了沉默。

我有我自己关心的私事。不是我所有的生活都围绕着劳伦斯或医院转：我常为远方的其他追求而分神。晚上我又回去找玛丽亚了。不是每晚都去，不是和以前一样。但是每周一两次，一种躁动让我难以自制，于是我就向汽车走去。

这次做爱也不同了。一种急剧、粗野和饥渴的东西融进来。也许现在就只是性事了——爱的浪漫已经逝去。我对她有些粗暴。不是暴力，而是一种近乎暴力的倾向，让一切平衡都打破了。我总是骑在她身上，把她按得死死的。她迎合顺受，内心存有一种默许的态度。然而我们并没有抚摩对方。我们甚至都没有试着交谈。就好像我在寻找一件无法企及的东西，而离它最近的途径就是不停地敲打，敲打这扇厚重的木门。

现在我每次都给她钱。我们的交往就是这样：一场买卖。我们的幽会是交易，最多只是互利互惠的实用关系。当我们交谈时，我们只是安排如何见面。有几次她就警告我，让我不要在某日晚上来。我接受这些限制，不让它们影响我的个人感情。她的那个男人平时并不存在，除了时而制约我和她见面，或者是化身为停驻在小木屋外的白色汽车。

只有一次,我们之间的距离拉近了。她问道:"那个人在哪里——你的朋友?"

我怔了一下,然后才明白:"劳伦斯?他可不是我朋友。"

"不是啊?"

"不是。嗯,也许是吧。"我看着她把衣服套在头上,双臂伸进了破旧的衣袖内,"你为什么要知道他的事呢?"

她比画了一下。

"他的脸?"

"对。"

"他的脸怎么了?"

她欲言又止,最终只是摇了摇头。我们互相看了对方一眼,一切又变成了原样——我们之间遥远的距离和墙壁。"星期五来吗?"她说。

所以他也在这里出现了,一个手忙脚乱、仓皇失措的影子,在小屋的木墙上瞬间闪烁了一下。很难想象就在两个月前,我的人生中从来没有劳伦斯·沃特斯这个人。

不知道为什么,我没有把玛丽亚的事告诉他。在那个第一次令我目瞪口呆的时刻,从他质问我"你和那个女人睡过吗"时起,一切都难以改变了。我当场就对他撒了谎,这个谎背后没有任何策略。我本能地感到他的直觉对我构成了威胁,我为了保护自己而撒谎了。然后我就得一个接一个地不停撒谎。

即使他完全清楚我开车去哪里,我仍然撒谎了。事实上,他从来没有问我的行踪,这证实了他其实心里知道。他看见我淋浴、换衣服，然后在夜幕下开车出去，但他一言不发。有时候我回来时，他还没有睡。医院的其他人也经常看到我夜出夜归，他们也没有说什么。但他们只能猜测，而他是知道的。

所以即使我人生中的这一琐事——用金钱换取欢爱，并把它和其他生活分开——也与劳伦斯密切相关。几周时间过去了，我们之间变得越来越熟悉，或互相听之任之了，我脑海里总是盘旋着他刚来时问我的那个问题：**你是什么时候知道自己想成为一名医生的？**当劳伦斯为偶尔前来就医的一两位病人治病时，我观察着他的样子。不管病人年龄大小，不管他们的病情反复无常还是濒临危险，他总是一视同仁：严肃、关心、认真。他们仿佛对他都很重要。

这让我很不安。它让我不安是因为我其实并不怎么关心病人。并不是说我没有尽力。我竭尽所能地给每一位病人最客观、最专业的照顾，但是如果实在没有办法，我就不会再想这些事了。劳伦斯的亲力亲为和不懈努力让我感到我的欠缺。

我在自己的生命中寻找像他那样的天启时刻。或许在某时、某地曾发生过某个事件，而它就此定义了我的人生。但是我找不到那个时刻。

后来我找到了。某一天它毫无征兆地出现在我脑海中：简单地灵光一闪。然后我希望能再次把它忘得一干二净。

那是十三年前发生的事情。好几次，我和劳伦斯以闲聊、拉家常的方式谈过我在军队的时光。他怀有年轻人真诚的好奇心，也向我问了一些问题。但每次这个话题出现时，我能听出来，他对此并没有实际经验。从他说"军队"这个词的口吻可以听出来，他根本不知道军队是什么，是怎么样的。过去四十年来，征兵制度是每个白人男性生活的一部分，然后突然地，一夜之间一项新法案通过了，它就被废除了。现在我眼前的这位白人小伙子，比我年青一代，把我的从军生涯视为历史。

某一天劳伦斯和我正好又要把一名我们无法医治的病人转送到那家大医院。连着小镇与主干道的那条支路蜿蜒曲折，时而翻山越岭，时而穿过低谷，途中有一个拐弯处，从那里可以看到准将统治的军营的旧址。听说过去这里曾是大型的军事基地：帐篷与卡车层层队列，熙熙攘攘的军人涌动。那还是在多事之秋，边境可能会遭遇突袭。如今它荒无人烟——在一团乱糟糟的带刺铁丝网后横陈着一堆破旧的帐篷。一条土路通向军营，但荒草淹没了路径，我一次也没有下去查看过。但是每次经过这个拐弯的地方，我总会减速慢行，往那边看一看。我不知道它有什么吸引人的地方，那里真没有什么可看的。然而今天我好像看到了一个人影在帐篷间出没。它离得很远，看上去很小，转瞬就消失在我的视线里；我随即就怀疑我是否真的看到了什么。但我仍不停地回头观看。

"看什么？"劳伦斯说道，"有什么事吗？"

"没有，"我说，"看不到了。"

我不想对一个不在乎准将的人谈及他的事情。

"那个地方是干什么的？"

"旧军营。"

他说:"我希望我也参过军。感觉我错失了一次成长的经历。"

"你根本不知道你在说什么。"

他目光如炬地看着我,错愕地斜眼一瞥:"我想你说过从军不是什么大不了的事。你在里面过得很无聊,你说过。"

"是很无聊。"

"但是——"

"我不想谈这个。"

他没有追问下去,但不知为何这段谈话让我心潮澎湃。当晚我久久转侧难眠,往事涌上心头。我并不经常想起在军队的经历;它更像是一片空白,记忆中的一块永眠之地。事实上只有一个事件,一次意味深长的简短相遇,深深地在我脑海里刻上了烙印。

我曾随军去安哥拉边境待了两年。我告诉劳伦斯的事是真的:那些年头的大部分时间都很枯燥无聊,那是荒废的时光。我从一个军营被转移到另一个军营。我刚刚拿到了行医资格,于是我被授予中尉军衔。当时还有其他很多人,我没有做任何让我鹤立鸡群的事情。低调行事似乎是个好的策略。

这段时间里,我只有一次接近过战争前线现场。当时我被派遣到坐落在丛林深处的一个小军营。在这之前我的军队体验都是平淡的、家常便饭式的。我治疗过的人不是在事故中受了伤,就是中暑、被毒虫咬后感染发烧或摔断了骨头。都是些日常的灾难。但是在前线,伤亡的种类则完全不同。那个营地是用来进行大量的集中军事行动的：巡逻队不停地出营，寻找并消灭敌方的巡逻兵勇。这是我人生中第一次医治在战争中作战的士兵。我看到了前所未闻的东西。被手榴弹、子弹和地雷摧残的伤口，人们相互之间蓄意的伤害。我记忆里难以磨灭的是流血的肉体，鲜艳无比，好像某种瑰丽的果实在干褐色的、尘土飞扬的大草原上四处绽开怒放。

这个小小的前线医院只有两位中尉——我和迈克。在这儿我遇见并结交了日后将与我妻子私奔的那个人。但是在军旅岁月里，他真是个好哥们儿。我们都在一名肥胖的上尉手下工作，他是总医务长。负责整个营地事务的军官是莫勒司令。

在那一个特别的夜晚之前，我从来没有离司令如此之近，近到可以仔细观察他。过去我只见过他的身影，通常在很远处，上下直升机，或在视察，或发号施令。他清癯结实，刚劲有力，散发出一种慑人的气质。我们都很怕他，想方设法去躲避他。他的口碑不仅仅限于他的外形，他的显赫声名更源于他对工作那种盲目和神圣的虔诚感。

他的工作是消灭敌军。这是军营存在的唯一原因，也是我们来这里的唯一原因，尽管我们没有打死任何人。不，我们把在战场上杀人的人包扎好，于是他们可以出去继续他们的杀戮。当我们力所不逮的时候，我们的病人会被送往另一个方向，往南走，装在运尸袋里。

我对我的工作并没有感到良心不安。事实是我没有过多地思考这件事。我太年轻了，也许我的理解力太过狭隘。我只看到了眼前的任务：缝合好这个伤口，取出弹壳，救死扶伤。我是个医生，我在我训练范围内履行自己的职责。如果一个受伤的敌军士兵陈放在我面前，我也会同样把细致入微、不思前顾后、无道德判断的注意力集中在他身上。

但那晚并不是这样。

我们的头头，也就是上尉，不时会被传唤到位于营地中心的监牢里去。自从成批的纳米比亚人组党[1]囚犯被抓进来以后，他才被召去的，我们知道这些命令与这些人有关。我们也清楚不该就此事问东问西。很多活动发生在那些低矮的砖房附近——整个营地里唯一永久的建筑——被秘密和沉默的迷雾所笼罩。但他回来的时候，上尉——平时是个开心、仁慈的家伙——总是显得心神不宁，一言不发。

但有一天晚上，传令下来的时候，上尉正好不在。我忘记到底发生了什么，但他那时在其他的营地里。这里只有我和迈克，一边分着喝威士忌，一边谈论两年随军任务完成后的计划，我们要合作开个诊所。

来传令的下士又回去请示了。但十分钟后他回来了。

"司令说你们两人中必须来一个。"

我们面面相觑。我们都不想去。

"你去吧。"

---

[1] 纳米比亚人组党（SWAPO Party of Namibia），前称及通称为西南非洲人民组织，是纳米比亚的一个政党。

"不,你去吧。"

"你的南非荷兰语[1]更好。"

两分钟后我紧随着下士的棕色后背,穿越过炎热的黑夜前往牢房。我惧怕司令,怕他可能给我带来的伤害;这种恐惧掩盖了我被传唤到这里来的不明原因,而这个原因可能对我伤害尤甚。

棕色后背把我领到一间狭小的屋子,四周是砖墙,脚下是混凝土地。没有窗户。低矮的锌板屋顶,悬挂着一盏吊在花线上的裸灯泡。这里有四名军人,其中两人是军官。有一位是莫勒司令。他穿着棕色军裤、军靴、白色T恤。他悠闲又轻松地坐在高脚凳上。

地上有一位黑人,全身赤裸。身上溅有血迹,一动不动地躺着,他呼吸时,胸廓在痛楚地起起伏伏。我的余光瞥到马鞭和其他工具,是我没有见过的奇怪形状。虽然我从来没有亲历过这个场景,但我知道这是什么地方;这是一个熟悉的画面,我在其中的角色立刻显而易见。

"晚上好,中尉,"司令说道,"很抱歉打扰你。"

这是我离他最近的一次。我第一次抬起头,看着他的眼睛。他的目光沉郁而死寂。他长得并不难看,有一张宗教领袖般冷峻、匀称的脸,剪过的棕色头发平整地紧贴着头骨。然而他脸

---

[1] 又称南非语(Afrikaans,字面意思为非洲语),是南非的荷兰语方言,为南非境内的白人种族阿非利卡人的主要语言。

上最明显的特征并不是它的整洁。军规要求军人要在耳朵和鼻缘之间剃成一条直线，而他严格遵循了这一规定：每边颧骨的高处均留有一小撮鬓发。

这是个什么样的男人？

他问道："你是英裔还是荷裔南非人？"

"英裔，司令官。"

他改口转为毫无口音的英语，语气平稳而可亲："中尉，我们需要你帮个小忙。你是医生，对吧？"

"是，司令。"

"我们在这儿忙着一个小小的审讯。但是我们的朋友在承受一些压力。他说他不能正常呼吸了。你能看一看他吗？"

我向倒在地板上的躯体走去。只要瞥一眼，就能看得出来他受了重伤。他脸上和上半身有瘀伤和肿胀，颈部有某种割伤。他的呼吸非常响，发出很大的尖细喘息声。

"司令，"我说，"他看上去不大好。"

"好，"那平稳的声音在我身后说道，"但他有没有在装死呢？"

"装死？"很荒唐的一个问题，这个人需要病床、缝针、消毒、护理，"我不懂。"

司令用耐心的口吻说道："他的呼吸，中尉，有问题吗？"

很难把他的呼吸声从伤口摩擦声和痛苦声中分辨出来，但是当我这样做时，我马上就听出了问题："他的哮喘病发作了，司令。他不是在装死。"

"你能为他做点什么吗?"

"我可以试一下。我要点水。"

"给他拿点水来。"

有人给我拿来一个装了半桶水的水桶,上面漂浮着血泡沫。现在我在一片黑暗中移动,透过长长的隧道注视着我自己,我把水泼在他脸上,擦拭着他的伤口,清洗掉粘在上面的污垢和血迹。这对他的哮喘并没有任何效果,但是我的本能就是要帮他清洗干净。他惊醒了,呻吟着,但他肺里发出的声音还是一直不停。于是我解开了医药袋,取出了喷雾器。

一两分钟后,他的呼吸变得舒缓一点。

"**好了。**"其中一个军人说道。

"太好了,"司令说道,"现在我要问你一些事,中尉。作为医生,以你的观点,他还能忍受多少?"

我站起来,转过身,但我不敢面对他的眼神。我在暖风中瑟瑟颤抖。"司令,"我说,"他需要就医。"

"这不是我问你的问题。"他的语调变得严厉起来,"我问你的是——他能承受更多的问讯吗?"

"不宜太多。"

"那是多少?"

"司令,如果您允许我给他一些适当的医治,我能彻底治好他的哮喘病。他应该服用一些可的松。"

围观的人群里有人说"适当的医治",然后笑了。

"他要死了吗,中尉?"

"看情况。如果对他严加……"

"所以如果我们谨慎一点……"

这些问题荒唐至极,它们衡量并定义了一个黑白颠倒的世界,而医生是来这里治愈和补救的,不是沦为这种对精神与肉体的精心摧残行为的帮凶。我张开嘴想表达意见,但我能感到司令那对犀利冷酷的眼睛正凝视着我,瞪得我低下了头。

时间凝固了,我想起了我是谁,我在何处,我需要做什么。躺在地上的男人是敌人,无论如何都不会熬过今晚。我必须照顾的人是我自己,以防我成为他,一丝不挂地躺在牢房的地上,不再是位医生,而是一个永远也救不活的病人。

"不会,"我说,"他还不会死。"

"谢谢你,中尉。"和蔼的声音又回来了,"等上尉回来时,代我向他问好。"

然后我又一路小跑着穿过黑夜,离开了牢房,离开了占据我生命正中心的决定性的一刻。

我回来的时候,迈克正在等我:"他要干什么?为什么他叫你去?"

"哦,没什么大事,"我说,"他头疼。"

我的苦楚只持续了几天。第二天早上我就尝试着去埋葬它:

结果不会有什么不同。

你别无选择。

你只是回答了他的问题。

当我被转派到另一个枯燥营地时,在那里什么大事都不会发生，我已经接受了失败是我的职位无法避免的一部分。我几乎再也没有想起这件事，偶尔它才会浮现在脑海，带着一股奇妙又异常的力量。

　　就像现在。仿佛某人用一根手指穿透了我过去人生结构中的薄弱之处，然后透过破洞朝里张望。而我被一种奇怪的诱惑驱使，也想往里看，从外面凝视自己。但是我无法做到。我已寻找到我生命中的重大决定性时刻，然而它所揭露的秘密，我其实并不想知道。

7

一天晚上,我幽会完玛丽亚后回来,看到他坐在床上,他的地图铺展在面前。夜色已深,只有前台办公室还亮着灯,整个医院一片漆黑。但是劳伦斯却毫无睡意。

"你在干什么?"

"做计划。明天你要做什么?"

"明天是我的休息日。"

"那你想和我一起出去玩吗?"

"去哪里?"

"就随便去散个步。这是个神秘的惊喜。来吧,弗兰克。"

"好的,"我说,"为什么不呢?"

我原以为这次和以前差不多——不过是两个人简单远足一下。但这次显然并不一样。从一开始,他就展现出一种使命感。晚上我醒来两次,他仍然坐在床上,凝视着地图。八点半他把我叫醒,兴奋又紧张。他的帆布背包里塞满了东西——三明治、啤酒和防晒霜。

这是一个澄净晴朗的早晨，草丛像金属一样闪耀。我们开车朝着边境出发。我们路过一些村庄，村民在取水、洗漱、生火做饭。辽阔的大地在清晨的营生中苏醒。树木植被似乎用力地向上伸展，垂直地反抗着引力。公路两边有土路小径引向农场或小的村落，有的立着路标，有的默默无名。我们顺着一条无名的土路向左拐。他的汽车在车辙间费力地蹒跚前行，但在今天，即使这样，也让人觉得是这片土地的生活和韵律的一部分。走了不久，土路开始沿着一条暗暗的河流向前延伸。然后它渐渐消失在一片杂树丛生的地方，树荫下甚为清凉。穿过一排竹林，我能看到潺潺流水。这是条小河，更像一条小溪，但是周围的树木带来了丰饶的绿色活力。

他站在那里，朝水中窥视。"我敢打赌里面有鱼。"他说，"你钓鱼吗，弗兰克？"

"以前钓过。但慢慢就觉得无聊了。"

"我打赌钓鱼需要耐心。你觉得这里有鳄鱼吗？"

"鳄鱼不会来这小的河里。"

他松了一口气。很显然，在野外，他比平常更局促不安。我们起程了，沿河而上，在淤泥中跋涉，水花四溅。我让他走在前面，看着他背着鼓鼓的帆布背包在灌木丛中艰难前行，他满是焦虑的脸偶尔会转回来，向我眨眼。他时而会停下来查看地图，但一路我们都沿水而行。我很高兴——这是过去几个月最开心的时候。我已经忘记远离楼房、人群和熟悉的东西的感觉是如此之美妙。树荫下凉爽宜人。

有的地方我们不得不攀岩,有的地方我们不得不涉水。在灰暗的河水里摸索前进对我来说不是什么大事,但他的脸却因为恐惧而变形了。"你肯定这里没有鳄鱼吗?"他又问了。"不能肯定,"我说,"但可能性很小。"水里当然没有鳄鱼,但我乐意看到他的窘迫。过了一会儿,我在前面开路,听着他双脚陷入泥泞中的声音,他用手猛拍蚊子的声音。

一小时后,小河展宽为一座水潭,悬崖矗立在它的远端,一条瀑布飞流而下。这是一个美丽又原始的地方。一缕细密的水花飘过岩石的上空,淋湿了岩石缝隙中长出来的蕨叶。

但我们惊扰了什么东西,一个长长的蜥蜴状的东西猛地扑进了水里。

"我就说这里有鳄鱼!"

"那不是鳄鱼,"我说,"是条巨蜥。看它游的样子!"

那巨大的光滑身躯拼命地沿着悬崖的基底游着,然后把自己拖进了一个缝隙,爬了上去。它爬上了一条垂直的岩面,消失在岩架上。这只巨蜥的鳞状古老外观让人心神不宁,我无法把它的形象从我的脑海中抹去。

但我还是去水里游泳了。这是一个休憩和吃午饭的佳地:一束束阳光穿过树叶,石头温暖而坚实。我脱掉了衣服,游往水潭深处,那里水面滚烫,发出咝咝的声音。我感受到了些许我初来医院时,独自一人在丛林里远足的感觉。当然我现在不是一个人了,劳伦斯和我在一起——我的朋友。

他坐在水边,下巴触在膝盖上,四下观看。他看起来忧伤而困惑。荒野的各种杂乱仿佛压迫着他；我想他更愿意把这一切都连根拔起，在这里铺种草坪。我朝他游过来，挥了挥手："下来吧！"

他摇了摇头，说："我在这里挺好的。"

"水很棒。"

"你要来罐啤酒吗？"

"好吧，那我们吃点东西吧。"我从水里爬出来，准备躺在岩石上晾干自己，"三明治怎么样？"

"在这里吃？"

"不是挺好的吗？"

"我不知道，现在还早着呢。我以为我们可以在更高一点的地方吃。"

"更高一点的地方？你在说什么？"

"我们还没有到那里呢，弗兰克。"

"还没有到哪里？"

"记住，这是一次外出郊游。"

"然后呢？"

他摘下了眼镜，擦拭着。当他转而面对我时，他的脸上写着一种无辜又受惊的表情："我想，我并不是百分百地诚实。"

我就等着他的这句话。

"嗯，'诚实'这个词其实不准确。"

"那什么词是准确的？"

"我没有向你解释每件事。当然，这是一次远足，哦，我是说一次郊游。"

"但是?"

"但是有个地方我想去。"

"它在哪儿,劳伦斯?"

他戴上眼镜,拿出地图,走过来坐在我身边的岩石上。他已脱掉了衬衫,露出苍白光滑的胸膛,他的肋骨突起,看上去不像是真的。在宿舍里我是羞涩且注重隐私的人,总是在浴室里换衣服或裹着大浴巾,而他根本不在乎我如何看他。但是在这里,我们不知不觉间互换了角色。

"这儿。"他说。他在地图上指了指,可我没有看清是什么东西。我能识别河流的蓝线,但其余的只是海拔、轮廓和村庄的无名小点。"我想去那儿。"

"'那儿'是哪儿?"

"这里——你看不到吗?"他用钝钝的手指尖在地图上戳着。

"我觉得那看起来只不过是一个村子。"

"什么意思?只不过是一个村子?它就是一个村子。"

"但是,但是——"我凝视着他的脸,想听他解释。在我与他相识的短暂日子里,他一次玩笑都没有开过,但我现在觉得这可能是第一次。他沉着地回望着我。

"我不太明白。"我说。

"什么?"

"你为什么想去那里?"

"只是去看看。"

我看着地图，看得一头雾水。整片土地上都布满人类定居之处的小标记，有的大到有个名字，有的则没有。但是他圈出了一个，只有一个。我盯着它看，不久后，在我脑海中，起起伏伏的地形轮廓线变成了一种画面。从我们此时所坐的地方，我能辨别出悬崖。在崖顶上，也许北面两三公里，在河流的西边一点的地方，是他圈出的标记。

然而这当然是一派胡言；我们一路来到这里，并不是为了"只是去看看"它。他在寻觅一些他不愿提及的东西，我从一开始就感觉出来了。是好奇心驱使我来和他一起郊游的。

"你选不到一个更难到达的地方了，是吧？"没有路，连小径都没有，一路都是山，地面高低不平。

"对了，你知道吧，就是为什么要选这个地方！"他非常兴奋。水滴落在了他的镜片上，使他看上去像突然在哭泣。

"我不懂，"我说，"劳伦斯，这有什么意义？"

"我要去最难抵达的地方。我想要一个不是很容易去的地方。"

我第一次感到他似乎有点疯了。也许他从我表情里看出了我的想法，因为他双眼低垂，开始摆弄着地图的边角。他看上去垂头丧气。

"你并不想和我一起去，对吧？"

"我不明白这是什么。我们在做什么？"

"我和你说过，"他固执地说道，"我只是想看看。"

"为什么？"

"不为什么。"

"不去。"

"我们不一定非得要攀登悬崖，"他说，"有一条路能上去。我可以在地图上指给你看。"

"不要。"

"拜托。"

"我的远足到此为止，"我说，"我在这儿等你。你一个人去。"

我们之间好似有扇门砰然关闭。我从来没有以这种口吻对他说过话，如果我说过，那也只是开玩笑。现在我可不是开玩笑。我心中涌起一阵对他冷冷的愤怒。这个过度兴奋的大男孩，刚出了实习期，就自认为是我的朋友，满是秘密的计划和诡计，他以为自己是谁？我不再喜欢他了，我再也不会跟着他跑东跑西了。

他从我脸上能看出我的想法。他大吃一惊，眼睛睁得很大，嘴角颤抖着，但他没有哭出来。他坐在那里盯着自己的脚看了一会儿，然后站起来，开始非常刻意地穿上衬衫，一颗纽扣一颗纽扣系好。他用随意的口吻说道："好吧。"

"什么？"

"你待在这里。我把吃的留给你。我想我不会去太久，两三个小时足矣。回头见。"

他已经动身了。我想说些什么，但有什么话可说的呢？无论从哪个角度看，他都是把我抛弃在身后了。我呆看着树木，当我再转过头来时，他已经不在了。

我又拗了一阵子气。我拿出三明治，喝了罐啤酒。我短暂的怨气已经在消退，我对我所做的事感到遗憾。爬到悬崖顶上，这能有多糟糕呢？而且他只是出于好意。我有种想收拾一下，去追上他的冲动，但我甚至连他去了什么方向都不知道。

现在天空笼罩着一层阴影。在这个小小的山谷里，阳光也无影无踪了。水潭是一面暗黑的镜子，水流的冲击力让池面裂缝、破碎。溅起的水花冰冷，悬崖的轮廓渐渐地投射在森林上。山顶上天气炎热，而在这儿我却感到孤寂寒冷。我想起了在水中挣扎游行的骇人的巨蜥形象。

现在我觉得有什么东西在监视着我。树林是一片黑暗而隐秘的存在，四下包围着我，而岩石隆起，蕴含着坚硬的内在生命。世界已经很多年没有这般观察我了，让我的思绪重回童年。我想起我们家里花园的深处，以及在我妈妈去世的那天，这世界显得如此巨大且复杂。

我开始漫步了，但并不是为了找他。我仍然一丝不挂，就这样走进了森林中。我不知道自己在寻找什么，仅仅是漫无目的地行走，步履不停。树叶茂密，但有一个开口，可能是条小路。一条通往水边的动物小径。不久，河流就只是我身后的一个声音，渐渐远去了。阴冷的森林稀疏起来，变成了矮矮的灌木丛，天空也看得见了，但丛林边上仍然布满细细密密的树枝，我试图穿过去，找到一条路。

然后它显现了。那所房子。或者说——我的第一印象——

一张菱形的铁丝网格，藤萝爬遍其上，一半已锈迹斑斑。一圈栅栏。在其后面，树叶的遮掩下，可以瞥见一片屋檐和一扇破烂的大门。

一所房子。在这里。为什么？我向后退了一大步，没有去触碰它们。

但是没人住在这里。你一眼就可以看得出来。这里已经久无人居。花园早已淹没不见，处处荒草遍地。窗户的玻璃都不见了，里面黑黢黢的。一度难以逾越的栅栏现在已经弯弯曲曲，七零八落地向内倒着。

我跨了过去。不远处有个地方，那里的栅栏完全倒塌了，可以跨进去。接着可以看到那条早已不在的小径残留下的痕迹。几块圆滑的石头，是隐约可见的花坛边缘的旧迹。满地狼藉的荒草与落叶蚕食了花圃，覆盖了它的过去，使它完全失去了旧日的芳华。我沿着前门的台阶爬上了门廊。到处都是裂缝、蜘蛛网和水的陈迹。大门的铰链断了。我抬腿而入。为什么要进去？*只是想看看里面什么样子。*

我沿着走廊往里走，两边有门通向空荡荡的房间，没有家具，没有挂画，没有其他物品。这个地方已经被清洗一空，或许不是由房主清理的。房子荒废后，有其他人也来过这里：在一间房子的角落里，有很久前留下的取暖余烬。地上零零星星散落着的烟头，随着时间的流逝，都发白了。在长长的走廊的墙壁上，有人写了一个非常大的词语——"野兽"，拖泥带水的笔画，互相坍塌在一起。但地上覆盖了一层沙，宛如小山丘般，上面唯一的脚印是我留下的。

很难知道过去这些房间是干什么用的。在其中的一间,即最后一间,一个裂口的洗脸盆和油毡地板透露出些许线索。但其他房间都是空壳,所有的生命都被掏空了。很多地方,杂草从木墙板中挤出来,在石膏的裂缝里像血管一样蔓延开来。从外面看,树木向内斜长着,倒靠在房子上。

在这里我有点害怕。不是瀑布下的水潭让我恐惧的那种感觉。不,那是孤寂,而这里却是另一种感受:与孤寂完全相反。我周围一个人也没有,但我感到好像有人在,就在我视线的边缘,在我来之前就在各角落游动。这是一个无颜的身影,几乎可以算作人类,与其说是具备一种人格,不如说是带着一股力量——怀着恶意却很顽皮。这个国家在我和它之间催生了一种东西,在废墟和荒野中魔幻似的变出来,既不属于我,也不属于它,而是一种形状、一种轮廓、一个威胁。这个东西要伤害我。

我从后门出来了。我不敢在房子里再走一遍,而现在在外面,在日光之下,我松了一口气。后面还有一道门,有条淹没在草丛里的土路。没有任何线索可以解释坐落在这里的房子、道路,或者解释为什么现在这房子和这路不再有人居住、有人通行了。

当我回到水潭的时候,他已经在等我了。

"你去哪儿了?"

"去那边了。"我说。

"做什么啊?"

"就是走了一圈。"过了一会儿我接着道,"那边有个房子。"

"房子?谁的房子?"

"没有主人,荒无人烟。我不知道。"

"那我们去看一下。"

"不。"我说道,但我说这个字时的语气让他脸色一沉,我突然感到很尴尬,转过身去穿衣服,接着说道,"我认为很可能是白人家庭的房子。在这个区域变成黑人家园的时候,他们收拾细软跑了。"

"真的吗?"

"好啦,我也不知道,那只是个猜想。"

"也许我会去看一下。"他说,但是他的语气有些勉强。

"你的村子怎么样?"

"我没有找到。"他朝悬崖投去了失望的眼神。

"怎么回事?"

"我不知道,地图……出了些问题。可能村子不在了。"他的衣服上粘着荆棘和鬼针草,他克制着自己的情绪,双手在身侧时握时松,他等我穿好了衣服,"弗兰克,刚才的事我很抱歉。"

"没关系。"

"不,我早该告诉你。不该趁你毫无准备时,给你一个突然袭击,这不公平。但是我想你可能会享受这次郊游。"

"我挺喜欢的。"

"真的吗？"

"真的。"忧郁的氛围渐渐散去，重返此地，感觉很美好。但是有些事还是没有说出口，它沉沉地压在我们心上，当我们沿河而下的时候，一路沉默不语。

我们可能永远也不会谈及今天的事。但当天的深夜一个撞墙声，随之而来一连串西班牙语的尖骂声把我们吵醒了。桑坦德夫妇在隔壁放声互骂。不清楚到底是什么激发了他们的争吵，尤其是他们当中的一个人当晚应该是在办公室值班的。

劳伦斯惊慌失措地从床上一跃而起。他穿着白色内裤和T恤衫，不安地在房子中间徘徊。

"我的天，"他说道，"那是什么？"

"那对琴瑟和鸣的可爱夫妇，他们在互相谋杀。"

"什么意思？他们在吵架吗？"

我说："我以前就告诉过你。"

他听着他们的吵架声，说道："天哪。"

又传来了一记很大的砸墙声。桑坦德夫妇总是拉拉扯扯，互相谩骂。说起来很奇怪，他们婚姻中存在的分歧，现在也存在于劳伦斯和我之间，就在这间屋里。我下了床，走到走廊上，去敲他们的门。他们没有应答，但互骂声立刻停止了。然后传出来微弱的哭泣声，最后也慢慢地消失了。

当我回到房间时，他仰卧在地上，凝视着天花板，吸着烟。一种午夜忧郁围绕着他，因为他不再对桑坦德夫妇抱有热情了。

"你知道吗,弗兰克?"他伤心地说道,"我想你是这里唯一真正理解我的人。"

"别瞎说。"

"不,真的。其他人——他们很自私。他们不理解。"

"我很自私,劳伦斯。"

"那只是你玩的一场游戏。"

"不,不是。我发誓,我是这里最利己的人。"

"不对。你喜欢把自己想象成坏人,弗兰克。你一定不要低估自己。"

"好吧,现在睡觉吧。"

"我觉得我现在睡不着。他们刚才在干什么——互殴?"

"大概如此。"

"你是我的朋友,弗兰克。你一定要记住这点。"

他的表白突如其来。我爬上了床,把床单盖在身上。很快他就坐了起来,我能感到他在看着我。

"我想到了这个主意,我跟你说。"

未等他开口,我就立刻知道这是我们早些时候在河边没有进行的对话。我等着他继续,他对我说:"我一直在考虑医院的事情。"

"嗯。"

"唉,它没有成功。很显然有问题。"

"对。"

"所以我想,如果病人不来医院,那么就让医院去找他们。"

他抽了一口烟。在短暂的停顿中,我猛然知道了,并理解了一切。然而我让他继续说下去。"我想……选一个村庄。并不是随便一个村庄,而是最偏僻、最难找到的村子。我们去那里,带着药去。去派发避孕套、普及艾滋病知识、给人打疫苗……具体做什么我不确定,但总要做一点事。"

"开个诊所。"

"对,简单来说就是这样。我们不能只是在医院绝望地干等。至少我们要去告诉他们医院在什么地方。"

"今天早上你想开个就医诊所吗?"

"不,不,这仅仅是一次勘察。我想看一下,看看他们可能需要什么。我不知道我这样做有什么后果。这是个疯狂的想法吗,弗兰克?告诉我,我需要你的意见。"

"是的。"

"是吗?"

"真他妈是个疯狂的想法,劳伦斯。"

"为什么呢?"

我没有回答,我不知如何回答。反过来我问他:"在蛮荒之地找个偏僻的地方,意义在哪里呢?你可以选任何一个村庄。为什么不选玛丽亚店后面的那个村子呢?"

"玛丽亚?"他困惑地眨着眼,接着才想起来了,"哦,她,对,对。"

"所以为什么?"

"弗兰克,这只是一个姿态,你明白吗?一个象征。如果你可以到最偏远的地方去行医,你也可以去最近的地方。"

他来到我们医院,也是奉行了同样的道理。对他来说,去生活或命运派他去的地方还不够。不,他必须展示一些博眼球的表演,哪怕那表演除了他自己无人在意。我甚为恼火地对他说道:"象征和医学没有任何关系。"

"真的没有吗?"

"你从哪里冒出来的,劳伦斯?你活在哪个国家?"

他在受伤的沉默中坐了一会儿,凝视着手里的烟。一阵凉爽的风吹来,窗帘飘扬。"好吧。"他最后说道。

"不管它。"

"只是一个想法而已。我们没有必要为此而闹得不愉快,因为我根本就没有找到那个村子。"

"我想睡了,劳伦斯。算了吧,已经够了。"

"好的。"他迅速爬上了床,随之是漫长的沉默,只有叹息与呼吸声,接着他说道,"对不起,弗兰克。"

"没关系。"

"我不想让你生气。"

"没事的。"

"因为你是我的朋友,弗兰克。我不想我们之间有任何改变。"

"一切会如旧的。"

"你保证吗,弗兰克?"

"我对此保证,劳伦斯。晚安。"

"晚安,弗兰克,晚安。"

8

　　一切如旧。这里的日子就是这样的。日复一日，每天都是同样的目标，同样平庸的夙愿。我早已习惯。我想让一切都一成不变，在原地扎根，永远如此。

　　即便季节更替也没有很大变化。我们太靠近热带了。有一个旱季与一个雨季，但贯穿这两个季节的温度在气温变化图上并没有很大的起伏。

　　当劳伦斯刚来的时候，我们正处于盛夏，正是雨季。下午时分，天空中有一道骚动不安且震撼人心的光泽，积雨云凝结成一大块。暴雨来临时，闪电炫目。随之，通常是雨霁天晴，当夜晚将至时，飞蚁漫天遍野。第二天早晨，满地残留着它们透明的翅膀。但现在，我们已经进入冬季，日光清亮而短暂。森林里有些树的叶子已经凋零了，清晨时分，时而有一层薄薄的冷霜覆盖在地面上。

　　没有什么是不同的。每年都有同样的事在发生，都发生在它们通常发生的地方。我的生活表面上看上去与往常一样。但在内心深处，某个幽深之所已不再是过去的样子了。

一个夜晚，我去幽会玛丽亚。我们刚一起钻进被子，我就感到我的性欲——现在几乎是积习成瘾了——被其他东西浇灭了。那是一种完全不同的感觉，很奇怪，且具有颠覆性。

"怎么啦？"她问道。

我的双手已从她身上挪开了，我在黑暗中看着她。

"今晚我们不要做房事了，"我说，"我们做别的事吧。我们说说话。"

"说话？"

"何不给我讲一些故事呢？"

她坐了起来，整理好衣服，盯着我看。

"给你讲什么呢？"

"我想知道你生活的一切。"

"我已经把我的一切都说给你听过了。"

"没有，我是认真的。我的意思是你的一切。我想知道你在哪里出生。我想知道关于你父母的事情，你的兄弟姐妹。我想知道你长大的时候在想些什么。我想知道你怎么结婚的。还有你丈夫的事。你的所有。"

"我和你说过了啊！"惊慌伪装成了愤慨，好像我指控她做了什么错事。

我继续说道，仿佛以下的想法是顺水推舟——对我来说，它确实是的："玛丽亚，如果你愿意，我们可以结束这一切。你知道吗？如果你要我离开，永远不回来，你可以直接告诉我。"

"你想我们分手？"

"不，不。但如果你想的话，我会按你的要求去做的。"

但是她摇了摇头。"我不想要这样的谈话。"她说完，就翻身爬到了我身上。也许她听出了我言语中的不谐之音，她的双手又把我拉回到旧有的、真正的习惯轨道上来。毕竟什么都没有改变。

有一天，当我们在娱乐室打乒乓球时，劳伦斯对我说："嘿，弗兰克。有人来这里拜访你的时候，他们住在哪里呢？"

"没有人来看我。"

"从来没有？"

"对。"

"哦。"塑料乒乓球从台上弹了出去，滚到地上。

"谁要来看你，劳伦斯？"

"扎内勒，我的女朋友。你听说过的，从莱索托过来。"

他好几个月没有提她的名字了。大约每周都会有精美的彩色信笺在他们之间来来往往，但除此之外就没有别的了。摆了一堆相片的小壁龛日渐积了灰尘。没有我记忆中年少时无暇喘息、互诉衷肠的电话，也没有无法自制的渴望。我开始怀疑是否有她这个人。

但现在她要来这儿过周末了。他对我说，因为她在莱索托的工作，之前一直不能过来。

"这里肯定有旅馆或什么吧。"

我摇了摇头:"姆特姆布妈妈那里曾经有,但她早就关掉了旅馆,因为没有人去。"

"也许她会帮忙租间房给我们。"

"嘿,"我说,"如果你需要的话,我可以搬出去。"

"不,不,这不好。但如果你帮我问问姆特姆布夫人,那就再好不过了。她喜欢你。"

当天晚上,我去看玛丽亚的途中,在姆特姆布妈妈那里停了一下,看看她怎么说。事先我想她不会帮忙的,但无巧不成书。酒吧周围站着两三个我未曾谋面的人——镇上的陌生人。他们穿着便服,但发型和举止让我觉得他们是军人。妈妈说,是的,他们来自被派遣到镇上的一个队伍,都被安排住在她的旅馆里。旧房间被清扫整理过,可用来住人。来生意了,她满面春风地说道。

"士兵?来干什么?"

她俯身过来,悄悄对我说:"我猜他们是边境护卫队。防止外国人进入。"

"一共多少人?"

"不是很清楚。五六人。现在这里只来了三个。很快其他人就会来。"

甚至这些都是小镇里风气变化的一部分。所有旧规则在慢慢弯曲,根深蒂固的东西开始偏移了原本的位置。

"周末有没有可能会有一间多余的空房?有一名女士会来,

她需要有个地方住几天。"

"嗯,可能有。但你还得星期四的时候再来问我一下。你有个小女友?"

"不是我的。她过来看劳伦斯·沃特斯。他是那个小伙子,有时——"

"哦,我认识劳伦斯。他是我朋友。"

"哦,"我说,"对。"

她从来记不住我的名字,然而劳伦斯却是她的朋友。尽管如此,他还是叫我过来问她有没有一间空房,好像我有种特殊影响力似的。

两天后镇上充满了关于士兵的风闻,各种流言满天飞。不过据说他们是被派过来加固这一带边境的防御的,这里的边境以漏洞百出而臭名远扬。不仅仅是非法移民,还有各种的非法与危险货物进出:武器和子弹、毒品、偷猎的象牙。这些非法交易最常和一个名字联系在一起:准将的名字。但所有的一切都只是风言风语、含沙射影,并没有确凿的证据。现在满城风雨,大家都在猜测士兵们将会如何处置他。

"他当然会和他们一起联手,对,"克劳迪娅在早餐桌上忧心忡忡地说道,"只会是腐败,腐败。"

"不,"豪尔赫说道,"他们会逮捕他,把他带走。肯定是这样的。"

每个人都重复着这两种观点的各式版本,不论是厨房工作人员,还是妈妈酒吧的散客们。

"你觉得会怎么样?"劳伦斯问道。准将的存在已经多次在他的心里刻上了烙印,终于使他不得不面对。

"我不知道,"我说,"再等等看吧。"

事实上,我并不确定任何关于准将的谣传。他现在已经成为一名异常神秘的人物,任何关于他的闲言碎语都会被以为是事实。可能他只是消逝了的过去,烧毁了的过去,根本就不真实地存在于我们中间。

并不是所有的飞短流长都是和准将有关的。大家都能感觉到,在某种程度上,士兵的到来会标志着小镇新生活的开始。尘封已久的空房将会有人入住。谁知道还有什么会随之而来呢?也许店会开,人会来,这个地方终于会发生点什么了。

但我却看不到这些。那一天只有三名士兵在酒吧里,妈妈说可能还有三名增援军人要来。六名士兵并不能改变什么,但我也没有就此事而猜来想去。

星期四我又来到了酒吧。又来了四名士兵,他们还在等队伍的领导。但妈妈告诉我,她会有一间房留给劳伦斯的女朋友。

他喜形于色。"谢谢你帮忙,弗兰克。"好像他认为没有我,就拿不到这个房间。

"如果没有这间房,你会想什么办法呢?"

他慎重地想了想,然后说道:"我想,会推迟这次探亲吧。"

"当我在这里时,你们可以一起睡在你的床上。"

"哦,不行,那不好。"

他去姆特姆布妈妈家亲自看了看房子。他对我说,那里很吵，就在庭院的正上方，但是无所谓。他在桌子上摆放了一只花瓶，里面装有自己从草地里摘采的花，还摆了裱起来的他和他女朋友在苏丹的合影。

然而在那个星期四的深夜，他的情绪沉郁而不安。他似乎沉浸在自己的思绪里。

"你上次和情人在一起是什么时候，弗兰克？"他问我。

"我结婚后就没有过。为什么问这个？你担心你女朋友吗？"

"嗯，你知道的，我们很久不见面了。最后一次见面是我来这里前一个月，我去莱索托和她待了一个星期。"

"怎么样？"

"哦，太美好了，非常好。是的，我们度过了美好的时光。"但他用力过猛，也避开了我的眼光。

"你只能看事情会如何发展。"

"我想为她开个小聚会，明天晚上。不会有太大规模，只邀请在这里上班的人。你会来吗？"

"我？当然，一定会。"

这对我来说是个稀奇古怪的想法。

"好。"他说，脸色和暖了一些，"晚上七点左右。你能来太好了，弗兰克。谢谢。"

反正我也不能错过这个聚会，因为举办地点是在我们的房间里。当我下班回来时，聚会早已开得热火朝天。我站在门口，注视着这一切。真是令人叹为观止的场面。所有人都在场，连厨房的特姆巴和尤利乌斯都来了,甚至特霍戈也来了。还有据称是他唯一的朋友,那个我经常看到在这里闲逛的小伙子也在。只有克劳迪娅缺席,她在办公室接手我的夜班。

起初没有人看到我。劳伦斯不知从哪里借到了一套音响系统,正过于大声地放着一盘略显紧绷的磁带。他在医院专用的碗里放满了花生和走味的薯片,还买了几升廉价的盒装酒。灯泡四周系着某种彩色塑料纸,在俗艳的黄色光芒下,人们四下围坐,带着局促的愉悦,交谈着。

"弗兰克,你去哪儿了?我还以为你跑了!"劳伦斯很紧张,当他迎着我的方向走到门口来时,他露出一种绝望的故作欢乐,"来见一下扎内勒,我一直想介绍给你认识。"

我在门口时就已经注意到她了,她僵硬地站在角落里,拿着一杯酒。她娇小,漂亮,梳着辫子,身着一件颜色鲜艳的西非风裙子;当她和我握手时,我能感受到她纤细指尖传达而来的紧张。

"哦,你好,"她说,"对,弗兰克,对。"

在这间充满着平坦元音的房间里,她的美式口音让人大吃一惊。我曾在无数场合听到过她的名字,现在意识到她并不是非洲人,这让我倍感震惊。我不知道该说些什么,一段局促不安的停留后,我便走开了。进门时,我看到了恩格玛医生,她不甚开心地倚坐在我的床边,抿着杯中物,偷瞄着自己的手表。于是我走过去,坐在她身边;她转过身看着我,如释重负。

她嘴里冒出的第一句话就是:"弗兰克,我马上就得走了。"

"哦。好的。"

"我还有很多工作要做。但这是个愉快的聚会,真令人愉悦。"

她刻意地强调着,显得很不真诚,我才意识到她以为聚会是我组织的。

"这是劳伦斯安排的,"我说,"和我没有关系。"

"是的,是的。我们应该更多地搞些小聚会。这对……对士气有帮助。这让我想到了一件事,弗兰克。我想问问你,关于你的主意。"

"什么主意?"

"嗯,你知道的啦。那个项目,上门服务的事。"她放低了声音,很隐秘的样子,"劳伦斯和我谈过了。但我想知道的是,你怎么知道要去哪里?"

"什么?我听不懂你的话,露丝。"

"我的意思是,为什么是那个社区?我以前不知道你会对社区服务感兴趣,弗兰克。你藏得挺深的。"

我盯着她看,脑子里嗡嗡的。但我开始看出一些端倪了。我说:"他有没有告诉你……"

"嘘,嘘。"她急忙让我噤声,我闭上了嘴。劳伦斯正朝我们走来,问我们还要不要酒。"不啦,谢谢,"她对他说,"我一会儿就得走了。"

"这么快?"

"工作,工作。"他一走,她又快速转向我,"现在不是谈那个话题的好时候,弗兰克。但抽空来找我谈谈,好吗?我有一些自己的想法。"

"好的。"

"老实说,我对这个主意不是很看好,弗兰克。我不认为它会成功……我喜欢改革与创新,你知道的。但问题是你如何改变。或者说就此事而言,问题是改变的时机。那才是最重要的。但他又走过来了,我们不说了。你有空来找我谈谈,好吗?"她一饮而尽,然后把空杯子放在地上,"现在我得走了。工作,工作。办公室在呼唤我。但这是一个愉悦的聚会,弗兰克。非常感谢。"

"这不是我的聚会。"我重申了一遍,但她已朝门外走去。

劳伦斯急忙给我送来了一杯酒。他坐在了床上:"她玩得开心吗,恩格玛医生?她没有待很长时间。"

"劳伦斯,她说了一些我听不懂的话。"

"什么?"他环顾四周,屋里尴尬的欢快氛围好似那盒磁带,略显紧绷,"你觉得这个音乐可以吗?"

"还不错。"

"确定吗?聚会呢?每个人都玩得开心吗?可以吗?"

"挺好的,劳伦斯。"但当我眼神扫了一下屋内后,我又被这奇特的一幕震惊到了:扎内勒在角落里和豪尔赫聊天,特霍戈坐在我对面的床上,一只胳膊搂着他朋友的肩膀,而临近浴室门的地方,特姆巴和尤利乌斯在翩翩起舞。我几乎不知道自己身在何处。

"真的吗？我想做点什么，让扎内勒感到，嗯，你懂的，受欢迎。"

"她看起来很开心。"

"是吗？但她一直就是这样。她是个快乐的人。"

她确实看上去放松了一点，一边听豪尔赫说话，一边点头。劳伦斯用他那双充满警觉的大眼睛穿过整个房间盯着她，似乎他才是她不开心的源泉。

"你没有告诉我她是美国人。"

"我没有吗？你以为她是哪里人？"

"苏丹，很显然。"

"苏丹？"他吃了一惊，说道，"不，不，她是美国人。我想问你一下——"他不假思索地继续说道，"你能帮我个忙吗？"

"什么忙？"

"明天晚上你能花几小时陪她出去转转吗？我要值班，我不想她一个人待着。"

"哦，好吧，当然，可以的。但你如果和恩格玛医生说一下，她会帮你调班的。"

"不要，不要，没关系。"

"但她是特意来看你的。你难道不想——"

"不行，不行，值班是我的责任。我不想改变值班时间。"

过去几周内恩格玛医生开始给劳伦斯安排单独值班。他对这种地位的变化有种荒谬的自豪。但事实上他仅仅是在办公室充个人数；如果碰到任何严重的病例，他必须叫我们其中一位医生过去。没有什么比他换班更容易的事了。

"退一万步来说,她也不想我换班。"他说。

"谁不想?"

"扎内勒。对我们来说,工作是第一位的。我周日会陪她。弗兰克,谢谢你帮忙。我很感激。"

也许劳伦斯的绝望已经感染了我,但是我发现自己很快就烂醉如泥了。我喝了一杯又一杯,直到夜晚的某一刻,我突然感觉到身边的欢乐气氛真实了起来。我感觉到自己也是其中的一员。

现在房间里宾客的位置与组合也有所改变。特姆巴和尤利乌斯坐在了我的床上。豪尔赫已走,克劳迪娅不知什么时候来了,她正全神贯注地与扎内勒及劳伦斯交谈。我坐在另一张床上,在特霍戈和他伙伴之间。

特霍戈的朋友叫雷蒙德,他的名字听起来舒服而熟悉,所以我一定在那里坐了好长一段时间。我以前经常见到他,但我们仅仅寒暄过几句敷衍的话。他很年轻,几乎有种少女般的美貌,皮肤光滑而富有弹性,笑容迷人。他和特霍戈一样,光鲜时尚,加上他们的短发、黄金首饰和时髦的都市风格穿着,都让他们看上去和这里格格不入。我们三人之间的亲切关系也让人感到不合时宜,也很不真实。特霍戈和我以前最多只是闷声闷气地互相哼一声,但今晚我们谈笑风生,话题不知从哪儿源源不断地冒出来。我们紧挨着对方坐在一起,靠得如此之近,共同的体温热得让人受不了,而雷蒙德的一只臂肘搭在我的肩上。即使是在灯光暗淡的房内,他们两人也都戴着墨镜,给人一种奇怪的印象,仿佛他们是一对盲人。

我们聊起劳伦斯和我同住一屋这件事。我根本不知道这个话题是如何出现的,但我发现自己突然宣布我曾经想要特霍戈的房间。

他一明白我说了什么,脸上的笑容就僵硬了。我不得不立刻解释,找台阶下:"现在没有事了。我不再想要它了。"

"你要我的房间?"

"不,不。现在我很满意。我有一次找恩格玛医生聊过,但现在没事了。真的。"

雷蒙德对他说了些什么,他们俩放声大笑。然后雷蒙德对我说:"你要他的房间,你等等。"

"不,不,我告诉你,我不想要了。"

"一个月,两个月,"雷蒙德说道,"你等等。"

"你没有明白,"我开始说道,然后我又想了想,问道,"两个月后会发生什么?"

"他要找到一份新工作了。"雷蒙德说道。

"是吗?"

"新工作,"特霍戈说,"好工作。"

"什么工作?"我说,"你可以告诉我。我会保密的。"

"好工作,坏工作,"雷蒙德说,"而它是个又好又坏的工作。"

特霍戈宽慰地拍了拍我的后背:"别担心。你留在这里。你把我的房间占为己有。然后我会回来把你的头砍掉。"

他们又哄堂大笑。然后他们隔着我，你一言我一语，气氛忽然变得更严肃了。

"这是个玩笑。"雷蒙德说道。

"没有工作，"特霍戈向我保证，"每句话都是开玩笑。"

我还没有来得及说出口，劳伦斯焦虑地躬身走过来了："我挺担心这个音乐，弗兰克。音乐好听吗？"

"不用担心音乐。"

但是特霍戈驳回了我的意见。"音乐不好听，"他坚定地宣称，"我有更好的音乐。等一下，两分钟。我这就去拿。"他跑出去拿音乐了。他不在的时候，雷蒙德一直倚靠在我身上，在我耳边私语。他在讲一些关于劳伦斯的女友的话，我并没有听清，但他的语调亲切而带有暗示；听上去好像很风趣，如果我能听清楚他说了什么。

随即特霍戈满手抓着散装磁带回来了，他把它们散落在地板上。然后音乐节奏改变了，变得更快，更加不顾一切，也更加活力四射。不知为何，每个人都在跳舞——除了劳伦斯。他坐在我的床上，带着不解、哀愁的神情看着我们。我叫他来和我们一起跳，他却摇了摇头。

我对自己感到惊诧不已。我想，自从结婚以来，我还没有跳过舞。但现在我居然在最不可能的舞伴——特霍戈的对面左右摇晃，上下跳动。而我眼前的舞伴简直换了个人，一点也不像他平日里无精打采、被束缚住的僵硬身体；他的舞技真的很棒，轻盈优雅，但最神奇的是，他很开心。他那咧嘴大笑、大汗淋漓的面孔在我眼中貌似很疯狂，直到我在他身上看到了一样的自己。

那天晚上我们遇到了一些事，就好像我们穿过了一堵墙，而平时这堵墙严严实实，让我们禁锢于其中无法动弹。房间开了又关上，恰似一朵火红的花在我身边绽放又闭合。我不再是我自己了。这种席卷我的自由和放纵是一种奇异又丰盛的感觉。我觉得我仿佛站立在高处，俯视着我通常的人生模样，看到它们是如此逼仄与局促。但我永远不会回去了。我知道我们所有的人都会留在我们现有的天地，在这片高地上，如蒙恩赐，沐浴着仁慈的友谊之光。

接下来大家都离开了。音乐已终，杯中已空。特霍戈和雷蒙德叫我一起去姆特姆布妈妈的店里，继续饮酒作乐。但我知道我今晚已不行了，头一触就疼。我站在门口，和每个人一一道别，好像我是聚会的主人，他们都是我邀请的宾客。

"明早见。"我对特霍戈说道。我把他搂在怀里，他细瘦的肩胛骨在我的手下颤动。

"别忘了，"雷蒙德说，"两个月后你就可以有自己的房间了。"

"他在开玩笑，"特霍戈说道，"这不是真的。"

"我已经分不清真真假假了。"我说。

又是一阵笑声，无缘无故、有点过火。然后这个地方就空无一人了。在昏暗的灯光下，我又认出了我的房间，遍地是垃圾与残渣。音箱里永不休止地传来轻轻的静电噼啪作响的声音。

"我送扎内勒回去，"劳伦斯说，"马上就回来。"

她害羞地笑着,把一缕头发放在耳后。她没有朝我看。

"明天早上再回吧。"

"哦,我不会让你一个人在这里清理这些东西的。太不公平了。"

"我们可以明天收拾。"

"不,不,我马上就回来。"

他们走了后,我凝视着这堆垃圾和东倒西歪的家具,振奋的心情开始泄气了。简直难以相信,我像只有我一半岁数的年轻人一样,又喝又跳,但青春的感觉真好,从它缥缈的光芒中,反而是劳伦斯·沃特斯看上去又老又累,力不从心。他为什么不和她一起过夜呢?

过了一刻钟左右,他回来了。虽然他说他回来收拾残局,但他只是看了看房内的混乱场景,就在床上躺下了。"那还可以吗?"他说。

"是什么意思?"

"聚会,还好吗?他们都玩得开心吗?"

"我觉得是的。"

"真的吗?这和其他聚会比起来怎么样?"

"劳伦斯,我在这里这么多年,从来没有人开过聚会。你是第一人。"

"真的吗?"他又问了一次,脸上焦虑退去,浮现出一个淡淡的微笑,"你太好了,弗兰克。"

"那是因为我醉了。"

"你醉了吗?"

"我烂醉如泥,劳伦斯。我的天,我已经很多年没有这样的感觉了。"

"哦,好,好。"他有点含糊其词,脸上又布满了愁云,"但为什么恩格玛医生提前走了?"

"我觉得她并不是很喜欢聚会。"

他心不在焉地点着头,装模作样地把一些纸杯子收拾在一起。我盯着他看了一会儿,然后问道:"她说的这个上门社会服务是什么?"

"哦,那个啊。"

"嗯,那是什么?"

"你应该知道的,弗兰克。我第一个告诉你的。"

"你的流动诊所?"

他点了头:"但是我一定要谢谢你。是你的主意,你叫我用玛丽亚的村子作为试点。真是个极好的建议。"

"你去了玛丽亚的村子?"

"好几次了。它是个理想的场所。计划是在一周左右的时间,去那里搞个试点诊所。看看反响如何。如果成功的话……"他笑道,"不要再搞表面文章了,弗兰克。你是对的。"

"为什么没人告诉我这件事?"

"恩格玛医生准备在星期一的员工例会上宣布此事。我们现在别提这事了,弗兰克。我没有心情。"

于是我们就此搁浅了这个话题,随即进入梦乡。在我不知情的情况下,这个项目已在玛丽亚的村庄里生根发芽了,这让我很担心,但它也是当晚充满诡谲味的和谐的一部分,所以我并不是很在意。过去是复杂而破碎的,但它已经过去了。明天又是新的一天。

早上醒来时,太阳穴疼痛欲裂。我们晚上没有关灯,微弱的灯光伴着白日光,映出屋内一片狼藉。薯片在地上被踩得稀碎,破碎的塑料杯里留有酒的残液。

我起床后,发现有人把劳伦斯送给我的木制鱼从桌子上碰落了;它躺在地上,摔烂了。我把碎片扔在垃圾桶里,忍着疼痛盯着劳伦斯看,他摊开四肢俯卧在床,嘴张着,嘴唇上有一串口水。在我眼中,这一天早已呈现了一种用旧了的、丑陋的样子。

热水澡和阿司匹林也无济于事。我出门的时候劳伦斯还在熟睡。我还没有确定要去哪里,但是我只想离开一下。

当我到了走廊的时候,特霍戈正在锁门。他似乎和我一样也忍受着痛苦。我知道我应该对他微笑,但今天早晨我就是笑不出来。

他对我说:"我的磁带。"

"什么?"

"我的磁带在你那儿。在你房间里。"

过了一会儿,我模糊不清的大脑才搞清楚这是怎么回事。他的粗鲁让我有点恼火。"劳伦斯还在睡觉,"我随即说道,"你等一下再去拿吧。"

他嘟哝了一声,瞬间那些东西又回到了我们之间:所有的阴沉、怨恨与怀疑。过去的种种,重燃且回归了。终究一切都没有改变。

我一整天都带着这种心情。头痛没有缓解,我的脑海感到一阵阵疯狂,伴有丝丝缕缕的不安。我断断续续地思考着劳伦斯、他的女朋友和聚会。我知道我曾答应过今晚会陪扎内勒一段时间,但已记不清楚到底是为什么。我对卷入劳伦斯的私事而不满,并认为,如果我独自离开足够长的时间,这份责任就会渐渐解脱。

但是它并没有消除。下午我回家的时候,他在忙着清理房间。他说的第一句话就是:"哦,感谢苍天,我以为你背着我逃跑了。"

"劳伦斯,听我说。让我替你值班。然后你可以——"

"不,不,不行。我告诉过你,这是我的责任。"

我躺在床上,看着他趴在地上,手里拿着一块布,手脚并用,辛苦地擦着地板。地板上有一些污渍,永远也不可能擦干净。

9

我来晚了,她在楼下等着我,又穿着一件西非风的衣服。她化了淡妆,看得出来她费了些许心思来打扮自己。而我还是裹着从早穿到晚的那件衣服,胡子两天没有刮,双眼钝痛连连。

我们只能去妈妈的店里吃饭,镇上没有其他地方可去。于是我领着她去了那里。酒吧里挤满了人。通过他们的发型和态度,我认出了所有的驻扎士兵,一支种族、年龄各异的小分队。但今天比平时来了更多的常客,这零星几个文员、农场工与工人正是镇上形形色色的居民。在庭院中,三角梅花下的角落里,有张空的桌子,正巧这就是我第一天带劳伦斯来时就座的那张。妈妈过来问我们需要喝什么,我点了威士忌。

"这是个好主意吗?"扎内勒说。

"以毒攻毒。没有酒精的麻醉我难以面对生活。而且在这个荒蛮之镇,除了这儿,其他地方都找不到这个东西。"

她笑了起来:"这是个有点奇怪的地方。我想,不是我所期待的样子。"

"你期待什么样的?"

"嗯,劳伦斯没有说……在他的信件里面……我曾有不同的想象。"

我不知道她那不同的想象是什么。但我能看出来这个地方让她感到不安:她不停地四下张望,心神不宁。我自己也不想在这里,但我努力地卸下不情不愿的包袱。毕竟,面对着一位佳人,手中握着一杯威士忌,也不是那么让人不愉快。

一旦酒入愁肠,我的心境就轻松平和多了。我们天南地北地闲聊——她的背景,她是如何来到这里的。她来自美国中部某地,父母和祖父母都是美国黑人。事实上,她身上并没有任何非洲的影子,甚至连她的名字都不像。扎内勒是她来到苏丹后起的名字。她的真名原来是琳达。

"琳达这个名字很好听。"我说。

但她摇着头。她想抛开一切,把她中产阶级童年、其间享受过的半特权、祖辈背井离乡的价值观通通抛在身后。她现在自诩为非洲人,但她的举止与自信完全来自另一片大陆。

尽管如此,她的使命感还是让我钦佩。她是实实在在地生活在当地,在苏丹的沙漠中埋头苦干,在德拉肯斯堡山区风餐露宿。她给我讲在莱索托的生活,她的生活一点也不令我羡慕。我已经连喝了三杯威士忌,现在感到心情舒畅,于是我连同食物又点了一杯。她娓娓道来,听起来很轻巧,她谈及一座图书馆、一家托儿所、一个扫盲培训项目,甚至一家农村银行——所有这些都是由高山上一个赤贫社区的居民们发起并管理的,也有她帮忙筹集的海外资金的赞助。这听起来很乌托邦,当然也确实如此:所有这些都还没有真正实现,仍在酝酿之中。与此同时,她与其他六名外国志愿者睡在铺在地上的床垫上,而白天他们则忙于各种肮脏的工作,比如给牛接种疫苗,或挖灌溉沟渠。

"那你呢?你在那里做什么?"

"我是老师,村里唯一的老师。我教各种年龄的孩子,六到十六岁。"

"你教他们什么?"

"不同的科目。数学、英语,一点点历史。"

"不可能有太大效果吧。"

"为什么没有呢?"

"哦,我的意思是,不同年龄的学生在一起,水平参差不齐。你还要教所有这些科目。"

"这不像你曾经上过的学校。"她有点不自然地说道,"但是确实有用。这些人都很穷。做点什么总比什么都不做要强。"

"是吗?"

"啊,当然啦。你难道不这样认为吗?"

"在我看来,"我说,"过了某个点后,不论做什么都和什么都不做是完全一样的。"

她警觉地看着我:"你做过这样的事吗?"

"什么?去某地的贫困社区做志愿工作?从来没有。也许我不相信这个。也许我们这个地方就是志愿工作。"

"不,"她说道,"这个地方不是的。你在这里的工作不是社区工作。你根本不知道你在说什么。"

她和劳伦斯是同样的人:对他们凭一己之力而改变事情的能力有种盲目且天真的信念。这种信念很纯粹,而这种纯粹本身强大又愚蠢。我能够想象到他们在苏丹的营地里,是怎样看上对方的 —— 劳伦斯是年轻的医生,认真而富有激情;她则是位改用新名字的迷茫探寻者。而地处在非洲大陆的底端的南非,其灿烂的未来呼之欲出,也可能看上去像他们追寻信仰的舞台背景。

当然这只是他们关系的一部分。因为我也能看出来他们是多么不般配。在勇敢的抱负后面,这两人有什么真正的共同之处?他们的关系仅仅是另外一个想法 —— 枯燥而合理,就像他们做的每件事。他们也开始意识到这一点了。这就是为什么她现在和我面对面坐在桌子边,而劳伦斯在一公里外,值着可去可不去的班。

话题不可避免地转移到了劳伦斯身上。她说:"我想感谢你对他的关心。他在每封信里都提及了你。有你在这里,对他帮助很大。"

"我没有帮过他。"

"好吧。他觉得你帮了很多,也许你不知道。但劳伦斯没朋友,你是他交往的第一位朋友。对他来说这很重要。"

"为什么劳伦斯没有朋友呢?"

"我不知道。也许他太忙于工作了。他有点沉湎于自己的小世界里。当然,你知道他的背景。"

"知道一些,但不多。我知道他父母双亡了。"

"他父母?"她注视着我,"那不对。"

"他的爸妈不是在事故中丧生了吗?"

她摇了摇头,看着桌子。"这是个老故事了,"她说道,"我不懂他为什么要这么说。我以为他早已想开了。"

"那么事实是什么?"

"他父母还活着。他是个私生子。他爸爸从来没有现身过。他妈妈独自将他抚养大。但是她告诉劳伦斯那个关于她父母双亡的故事,以及她是如何抚养——"

"说她是他的姐姐。"

"对。那个故事。"

不知为什么,我觉得他背叛了我。

"他告诉我一个冗长的故事,关于有天去找他们的坟墓……"

"哦,那部分是真的。他确实去寻找过他们。就在那件事后,他的姐姐——他的妈妈——站出来把真相告诉了他。那对他来说是件很大的事。但现在这些都是历史了。我不知道为什么他要对你说假话。"

"作为黑暗的秘密,"我说,"那很令人失望。现在早已不是中世纪了。"

她看上去面带愁容,这加深了她面容的深度。我正欲说一些轻率的话,刚到嘴边,妈妈端着饭菜过来了。我不情愿地转移了注意力。"今晚满座啊。"我说。

"所有人都来了。"妈妈说道。她仿佛无法抹去脸上的笑容，一生的好福气都从门牙间的漏缝里喷薄而出。当她放下我们的盘子时，她圆润双臂上戴着的手镯叮当作响，好像抽屉里的现金互相碰撞的声音。

"所有的士兵都来了吗？"

"连领导都来了。莫勒上校，他昨天到的。"

"谁？"我问道。

好像有一团热火在我脑海里愈演愈烈。

"莫勒上校。哦，他真是个好人。他就在里面，坐在吧台边。你还要在酒里加点冰吗？"

"不用了，谢谢。"我开始出汗了。这太让人难以置信了，真的。太多的巧合了。但我一定要亲眼证实一下。我去厕所洗手。妈妈所指的那个身影在吧台的远端，只有从厕所出来的时候，我才能盯着他的脸看了两秒钟。是的，就是他。十年不见，他并没有多大改变。他身体有点松垂了，苍老了些许；他已官晋一阶，管着一群种族混杂的士兵——黑人和白人在同一个队里共事，其中有些人是他曾经一直试图消灭的敌军。对他来说，被派驻到这里来执行这个不可能的使命，他的生活一定是不同以往的，但对我来说，他还是过去的他，没有变化。狭窄而狂热的五官，精瘦的身体释放出巨大的能量。他用他冷漠的双眼回望着我，随即目光又移开了。他不记得我是谁。

我发现我在颤抖。扎内勒狐疑地看着我，我又恢复了平静。

"怎么啦？"

"哦，没什么。我很好。"

但我并不好。刚才的景象徘徊在我的大脑里，搅得像一团糨糊。我坐在那里，勉强吃着，其实心思早已不在这屋里了。我跟着一名下士的棕色背影，穿过黑暗的夜色，前往亮着灯的牢房……然后又跌跌撞撞地逃离，独自一人。

我摇了摇头，试图去除这段回忆。虽然周围的房间重新浮现在我的眼前，它的喧嚣与热闹好似初见，但有些东西已经不同了。也许是我内心深处的东西，但它让我们这桌两个人陷入了久久的沉默。

最终我放下了叉子。我说："那里面的那个人，靠着吧台的那个，他是我从军时的领导。"

但她并没有朝酒吧那边看，而是凝视着我，问道："你参过军？"

我能看出来这对她意味着什么。军队，不堪回首的过去：她正在和敌人共进晚餐。

我声辩道："劳伦斯对我说过，他很遗憾没有参军。他说那会是个重要的成长经历。"

"劳伦斯有时候会说一些笨拙的话。他不知道真实世界是什么样的。"

"但他说得有道理。他不会在这一年的社区服务里学到很多东西。丛林里的一个不是人待的地方反而对他来说更好。让他去杀人，再让别人去追杀他。然后我们会发现，他以后再也不会谈论什么'乡村诊所帮助人类'这种大话。"

我很诧异于自己的愤怒，如此冷酷又清晰，尽管我不确定它针对谁。我们现在处在一个没有毫厘差别的世界，所有微妙的色彩层次都变成了非黑即白。

她把椅子向后推开。"不要，"她说，"不要这样说。"

但我现在已经停不下来了："为什么？是不是对你来说太真实了？当然想法总是比现实好。但迟早现实世界会占上风。劳伦斯会发现这一点的。你也会，当你回到美国，脱掉你的非洲衣服，丢掉你的假名字的时候。"

"去你的，先生。"

"去你的。"我回道，而她一怒而起，气冲冲地走了出去。我坐在桌子前嚼着冰块，沉思着这一切是如何迅速地变得一发不可收拾。我冰冷的怒火持续燃烧了一段时间。但占据我脑海的不是她，而是劳伦斯。我想起他的名字，劳伦斯·沃特斯，看起来突然间像是枯燥与神秘、平庸与笃诚的合体，这让我怒火中烧。

没过多久，我就心平气和了。随之我不再为自己的所作所为而自豪。我从妈妈那里要了一个托盘，把我们的餐盘和酒杯放在上面，托着它径直爬上了楼。我敲了她的门，她没有应答，尽管门后的沉默如剑拔弩张。

"对不起，"我说，"我完全失态了。我真的很抱歉。我喝多了。我没有权利对你这样。"

"滚开。"最终她对我说了一句。

"不行。我不能回去,然后告诉劳伦斯说我辱骂了你。"

"我才不管呢。我都不想正眼看你或劳伦斯一眼。你们两个人肯定爱上了对方,你们都给我滚开。"

这也许是多年以来我第一次哑口无言。我的诧异一定透过房门钻了进去,因为在随后的一片寂静中,我听到了门闩滑开的声音。

我花了一点时间平复情绪,之后从地板上拿起托盘,走了进去。只有外面庭院才有亮光,屋内一片黑暗。我粗粗扫了一眼,简陋的家具就让我想起以前我住在这里时的样子:狭窄的单人床,一桌两椅,角落里有水槽。她坐在窗户边的桌子旁,正襟危坐,看上去有点奇怪。我走过去,把托盘放在桌上。

"哎。"我终于发出一声。

"对不起。"

"我们真是度过了一段开心的时光。"

"我脑子里一塌糊涂,"她说,"迷茫而愤怒。都结束了,是吧——我和劳伦斯。如果我们之间曾经真的发生过什么的话。"

我面对着她坐下了。似乎没有什么好说的。整个晚上只是情绪的一团乱麻,中间没有清晰的焦点。外面的欢声笑语飘入耳际。桌上摆着一张她和劳伦斯在沙漠里的照片,两个人都面向镜头笑着。我把它拿起来,借着穿窗而入的微弱灯光,斜放着看。

"你们两个人在照片上看起来很开心。"我说。

"那是因为我们都在工作。他只要工作,就很开心。但是我没有让他感到快乐。"

"他让你感到快乐吗?"

"我不知道。我想没有。我想不起来了。"

"你为什么不吃饭呢?"我问道,语气像个母亲。

"我不饿。我心神不宁。对不起。"

"没关系。我也对不起你。我们都很抱歉。"

她还怀有宿怨,但斗志已荡然无存。她萎靡不振地坐在椅子上,面带悲伤,好像一艘无风可乘的帆船。在寂静中我能听见她的呼吸声。在一股新冲动的驱使下,她蓦地说道:"我们出去吧。这里太……闷了。"

"但我们去哪儿呢?"

"我不知道。肯定有什么地方可以去的。"

"并没有。我们可以开车去兜兜风。"

"这似乎有点穷途末路。"

"我们就是。"

她发出伤心的浅笑声。"那个地方是什么?"她问道,"山顶上的那个大地方。"

我平时也一直在仰望它,好像被洪水冲上岸的哥特式大帆船。

"那是准将的家。"

"准将是谁?"

"准将是前黑人家园无能的独裁者。我们这儿就是前首都。"

"那他现在去了哪里呢,这个准将?"

"嗯,"我说道,"这是个谜题,取决于你听谁的。有人认为他已经死了,消失了。有的人说他还在,在边境上来来往往,偷运难民,贩卖赃物、军火和别的非法货物。你可以说这是他的退休工作。士兵这帮人是来封堵这些漏洞的。传言是这样说的,但所有这一切都只是空话、奢谈、妄言。谁知道什么是真的?"

"你觉得呢?"

"嗯,你能看出来我是什么样的人。永远乐于相信最坏的结果。它让我为所有可能的结局都做好准备。"

"你见过他吗?"

"嗯,见过。以前他总是在附近出没。实际上,我曾在这里见过他一次。"

"这里?"

"嗯,就在下面,在院子里。我来这里喝酒,看到周围站满了保安打手。他们只让我去吧台那里,其他地方都封起来了。透过门缝我能看见他和他妻子在一起用餐。他是个体形很小的男人。但我有一次更近地见过他。"

"什么时候?"

"他来医院的时候,我正巧在值班。他说他胸痛。四处都是安保人员。我打电话给了恩格玛医生,叫她过来帮他看病。与此同时我用听诊器听他的心脏,所以我确定他的心脏确实是跳动的。"

她听得津津有味:"他对你怎么样?"

"彬彬有礼,但很疏远。我想他并没有怎么关注我。他担心的只是自己的胸痛。"

"那是什么问题?"

"良心不安?胀气?我不知道。恩格玛医生帮他看了,然后他离开了。"

这一事件的记忆蓦然又鲜明起来:瘦小的男人光着膀子坐在床边,双手握着他的军帽。他腰杆非常坚挺,特别利落。

"你害怕吗?"

我认真地想了一下,答道:"嗯,我想我挺怕的。我容易害怕对我生命构成威胁的东西,即使它不大可能发生。"

"难以置信。"她严肃而兴奋的脸朝我看过来,未待张口,我就知道她要说什么,仿佛今晚所有的骚动凝聚成这唯一清晰的想法,"我们去那儿吧。"

"哪儿?"

"他家。"

"他不住在那里了。现在是空的。"

"没关系,我想看看。我们就看一下。"

"好吧。"我说道。我很高兴能找到一件事来转移她的注意力。我想让她开心。

于是我们驶向山顶上那座亮堂堂的豪宅。每晚它都灯火辉煌,尽管已无人居住;某位仆人或守夜人推了开关,让过去的符号继续闪闪发光。

通向山顶的路只有一条。我猜这条路是在建房的时候新开辟出来的，没有其他人住在上面。四周景色震撼人心。我只在刚来镇上不久的时候，去过那里一两次。最后一次，发生了一件很不愉快的事情。我停了车，坐在车里朝外四望，此时一位警察走了过来，敲打我的车窗。我被迫下了车。我只能斜靠在引擎盖上，任他搜身。然后又一名警察来了，他们开始对我推推搡搡。动作并不是很激烈，但是足够让我恐慌。他们两人都很年轻，充满冷漠的敌意。我记得当时脑海里浮现出一幅画面：我的妻子在阅读某份城市报纸第三页上的一篇记事，标题是《医生在班图斯坦失踪》。这就是我命运的归宿。

但随后一名警官出现了，一切都平静下来。他对我温文有礼，也很专业。他说："你不该到山上来；准将树敌无数，警察和军队被告知不能抱有侥幸心理。"他指着远方说道，"可以去那些山头欣赏美景。"

这一幕本会给这一出烂剧画下一个无伤大雅的句号，只是这个故事还有续篇。第一位警察，演绎了宛如教科书般的粗鲁品质，我先前从未见过他，也希望未来永远不要再碰到他；但半年后他被准将亲自提拔为镇上的警察局局长。他官运亨通，而那位帮我解围的和蔼警官却未能得到提拔，这本身就说明了一些问题。那位好心警官成了我后来再也未能谋面的人。

尽管如今这个山顶已不再是禁地，但我再也没有回去过。还有两辆车停在这里，低调而隐秘——我猜想，不知来自何处的一对情人来这里深夜偷欢——于是我把车停在离他们略远的地方。我们脚下的山谷中是万家灯火。从这个高度俯首望去，小镇貌似很普通，就和其他任何一座乡村小镇的夜晚一样。只有细致观察、敏锐思考后，才能发现镇上看不到移动的汽车前灯，大多数窗户黑灯瞎火。

"我们可以走一圈吗？"她对景色没有什么兴趣，她的双眼只盯着房子，但只能看见上面装着铁丝网的高墙和另一端的屋顶。

"我们进不去。"

"我知道。我们就在外面看一下吧。"

房子正面的主入口处有一对带着滚轮的铁门。我们把眼睛贴在两门的接合处，但是只能看到一丝景象：草地、一根柱子和台阶。我觉得我能看到一个岗亭。我们绕过拐角，沿着墙侧向下走。然后我们停了下来。

"弗兰克，"她说，"这简直难以置信。"

我也不相信自己的眼睛。一扇小小的侧门，嵌在墙里。门半开半掩着。门后勉强能看到幽暗的花园。

"我们不一定要进去。"我说。

"谁把它打开的？"

"我不知道。也许是工人。或者保安，带着枪。"

"哦，拜托。我们又不偷东西。"

"我不觉得这是个好主意。"我说道。

但她还是走进去了，过了一小会儿我也追随了她的脚步。我发现我来到了花园主路外的一条幽静死路。这里没有灯光，但是当我在黑暗中越走越远时,屏风般的茂密叶子形成了层层树篱。我踩着碎石与树枝,脚下发出吱吱的松动声,听上去声音巨大,让我很害怕。我试图小心翼翼地走着,屏住呼吸,但在黑幕笼罩下,我跟跟跄跄地碰到了她,发出了一声小小的惊呼。她咯咯地笑了起来,紧紧抓着我,一个温暖的拥抱,转瞬就悄悄溜走。

"你怕什么啊?"她窃窃私语道。

"我们不应该在这里的。"

"我们只是来看一下。"

她朝着高处的灯光沐浴之处走去,我紧随着她。豪宅映入眼帘,庞大、闪亮而坚固。我们刚才一定是在花园的远端,现在正向一条中心大道前行。一段石板小径通往立着日晷的草坪。更远处有条砾石路,另一边紧邻着花圃与独门独户的石窟,我还瞥见了一个类似高尔夫球场的地方。

院子很宽阔,有一两英亩[1],也精心设计过。但是当我们离灯火之处越行越近时,可以看到花园并非完全疏于管理,尽管它们并不整齐,几处地方草木亦已发黄。修剪过的树木略失了些形状,但看起来仍然像模像样,草坪也没有长得失控。有人在照料着它们。也许这并不是那么荒谬:某位承担新职能的新政客将会在不久后的某时来这里履新。我想起了河边的那座荒废的房子。两者并不相同。这是一种不同的荒弃——人还没有彻

---

[1] 英美制面积单位,1英亩约等于4047平方米。

底离开，只是历史临时游离出了外壳，直到某一天它能以不同的形式再续其职。

她又停下不走了。我追上她，开始和她搭话，但她举起一只手，示意我不要说话。当我闭上嘴巴时，我也能听到了。

这似乎令人难以置信：花园里有人声。两个人，你一言我一语，声音低到让人听不清楚。我竖起耳朵极力想听他们说什么。但事与愿违，此时两种不同的声音响了起来，我能辨别出来是什么东西发出的声音，只是我无法相信。不应该在这里，不应该在如此晚的时候。然而这些声音连绵不绝，我是不可能听错的。

真是荒唐。我们在听割草机——那种老式的手动割草机——和一把园艺剪刀的声音。黑暗中，这种怪异的劳作的柔和噪音，仿佛是另一种语言，与两个人声一样清晰却让人难以理解。很难说清楚这些行为到底发生在什么地方，但是听上去好像是在我们身边的树叶篱笆墙背后。剪刀的咔嚓声平平稳稳，但割草机的声音却高高低低、起伏不定，当它行走到一圈的尽头时，我们能听到推着机器的人的声音，永远地落在一声抱怨上。

我触了下扎内勒的手臂，做了个手势。尽管我不再恐慌了，眼下的情况也近于荒诞，我还是不想让园丁们看到我。若再靠近宅子，我们将会在灯光下暴露无遗，于是我们撤退到对面的小巷里。当我们朝那边走时，心中油然升起一种想笑的冲动。我们的擅自闯入是幼稚的行为，毕竟没有人身伤害之虞，但是当我转向她,正欲交谈时,我看到花园里很多随机排列的雕像,其中一座突然安安静静地动了起来,镇定地向我们走来。一霎时世界上所有的危险又激活了,在我们眼前晃动。

我们两个人都呆若木鸡地等着。那座雕像悠闲地踱步到我们的路上,直到房子里的一束光照射下来,让我们看到了保安的大檐帽和制服,正如我脑海中所预料的一样。

"我们不是有意进来的。"我说。

"大门开着,"她说,"于是我们进来看一下。"

"我们只是随便看看。"我反复辩解道。我们急不择言,互相抢话,但是我们的紧张并没有影响到他。他几乎一动不动地站着,凝视着我们。然后他定在那里,身躯轻轻晃动,这一瞬间还在阴影里,下一瞬间又沐浴在灯光下,明明暗暗,但在那短暂的一刹那,我知道了他是谁。

准将原先并不是准将。在他谋划政变前,他只是黑人家园防御军的一名普通上尉。没有人听说过他。只有在身处高位的幕后朋友的庇护下,他才能从阴影中脱颖而出,突然攫取了支持与权力。当他自我任命为首席部长后,他为自己揽获了无数的荣誉,其中包括他的军衔和好几个奖章。

他现在胸前就佩戴着军衔和奖章,虽然时过境迁,从官方角度说,制服和该制服从属的军队早已不存在了。他走动时,发出了一阵轻轻的叮当声。

他说:"是我开的门。"

我记得这个声音，冷静、平淡又温柔。和他瘦小而平凡的脸相比，他的声音显然独特许多。那嗓音令人难忘。我曾在广播与电视上听过他的声音，无论他在说什么，都永远平静，不为感情左右。你会记住那稳定、沉寂的音色，尽管你可能并没有注意到他具体说了什么。

在那短暂的几年里，当他在自己的虚假小王国里一手遮天时，他到底说了些什么？我无法说出一句他的言论或发自肺腑的真心话。一句也没有，都只是些关于自己当家做主和光明未来的惯用说辞，无疑都是远在他乡的白人主子为他设计好的台词。当他的前任开始变得棘手时，斐京[1]政府让他接手——虽然他比前任更加贪得无厌、腐败成性。而且他也知道自己该做什么来维持地位。

但是人算不如天算。如果政情持续稳定，他也许在接下来的四十年内一直会宣称自己是终身领袖和人民英雄。然而在他就位后不久，占据真正首都的白人政府屈服了，权力开始易手。两三年后，他连职位都没有了。又过了几年，他出现在这里，于午夜时分为他扮演的角色而装扮一新，在空荡荡的舞台上扬扬自得，身后站着一对跑龙套的演员。

我对扎内勒说："你知道这是谁吗？"

她摇了摇头。

---

[1] 比勒陀利亚（Pretoria），亦称斐京，是位于南非豪登省北部的城市，同时也是南非的行政首都和政治决策中心。

"这就是准将。"

"这个人?"

"对。"

我们都紧盯着他。我们刚才的谈话在几年前是无法想象的。我们轻蔑地对他评头论足,仿佛他不在我们眼前。而现在我们饶有兴趣地注视着他,仿佛在打量一件物品。但他却泰然自若,他那瘦小的脸不动声色。在昏暗的夜色下,他的双眼闪着寒光。

但她的态度却大为转变。今夜早些时候,当我开始告诉她关于他的事情的时候,我就意识到她被蛊惑了,她的兴奋中还含着一丝接近于情欲的情绪,令人不安。现在你可以看到它在眼前发生了。就好像她通过别人搭桥,认识了一位明星。她内心有种东西暖化了,对他敞开了心扉,她看他的眼神也不同了;事实上,她向他走得更近了。

"我们想参观一下您的豪宅。"她说。

"你想看我的家?"

"是的。"

"来吧。"

他沿着我们来的原路朝回走,身上又发出那种金属的叮当声。她快速看了我一眼,几乎面带内疚,然后跟了上去。我踌躇了一会儿,直到他们在花园里工作的两个人身边停下来时,我才追上了他们。

这两人皆貌如其声,都有点奇怪。他们穿着褐色的军用连体裤,宽大得人在里面晃晃荡荡的。其中一人是白人,比我大几岁,有着稀疏的姜黄色头发和一张浮肿的红脸,我在报纸上登载的照片里经常看到他;早在第一任被废黜的首席部长在位时,他是被白人政府任命的黑人家园内阁的"顾问"之一。经历了一场军事政变,一生努力付之东流,最后落到在深夜推割草机的境地。另一个是位年轻的黑人,青春焕发;我认不出他。准将低声对他们说些什么,他们俩都满脸狐疑地盯着我们看。准将叫他们去花园的另一块区域工作;他要上楼去一下,马上就回来。接着他又出发了,让我们尾随着他,沿着长长的中央通道和宽阔的后门台阶,来到了青石板门廊。透过落地玻璃门,我们瞥到一间黑暗的房间,里面空空荡荡的。

这座宅子很大,设计豪华,但除此之外没有什么突出的地方。如果在大城市里,它只会是很多奢华而庸俗的豪宅中的区区一座。而在这里,它却引人注目,因它独自耸立在一座褐色的山顶上,花园像绿色的护城河一样环绕着它。但是现在我们站在它面前,近在咫尺,我搞不懂我们到底在看什么。

"他们把所有东西都拿走了吗?"扎内勒问道。

他黯然神伤地点点头:"全部都拿走了。他们开了三辆卡车过来。"

"他们拿到哪里去了?"

他耸了耸肩。"斐京。他们说他们想保管。但现在这些东西在何方?"他意味深长地点着头,"都没有了。没有了。"

现在我们能在灯光下看到他了。他胡子刮得干干净净,身上也隐隐散发出一缕香水味,但脸上却有种崩溃之相。一种粗劣,源自身体深处肌肉的支离破碎。他的眼睑已深垂下来。

但是她没有注意到这些。尽管她并没有触碰他,但让人感到仿佛她已把一只手搭在了他的胳膊上。我意识到我错了,我以为他的权力已被剥夺了。但他仍然是一个危险的人,就像在某个紧锁的房间里一个人能对你为所欲为那样危险,而且他身上散发着权力的气息,有如一股性爱的金属气味。

她依偎在他身边,说道:"我们可以……请问我们可以……进去吗?"

"他们把钥匙拿走了。他们换了锁。他们把我从家里赶了出来。"

"您是怎么打开花园大门的?"

"我留着那把钥匙呢,"他缓缓笑着,"总会有一把锁他们忘了换。"

"您为什么要照看花园呢?"

"其他人会做吗?我问你:还有谁?他们那帮人吗?他们善于掠夺,但不会给予任何东西。所以我不时会来,一周一次,或两次,让一切都井井有条。"

"这对您来说一定太难了。满园都是记忆。"

"是的,"他说道,"我记得所有一切。一切。"

"您介意我们转一圈看看吗?"

"来吧。"

他走在她前面,好像一名官员领着一个导游团。但没有什么可看的。仅仅是一间接一间的空房间,只能通过厚玻璃与灌木丛才能看到。他们沿着外墙绕过去,每走几步就停下来看一会儿。他宣告着每间房的功能——"会客堂""储藏室""书房"——恰似在宣告一个蕴含伟大历史意义的事实。但如今他身处历史之外,透过一道稀薄但无法通过的屏障,朝里面探望。

当我们踱步到宅子前面,就是有柱子和岗亭的地方时,他驻足在台阶的最高处。那儿可以俯瞰到整个镇子。"如果是白天,"他说,"你可以看到我的塑像。"他指的是山下那个雕塑,矗立在十字路口。她走了过来,站在他身旁,俯视着山下的一片黑暗。

对他们来说,我不存在。从我们散步伊始,他就没有正眼看我一次。她充当了他心怀同情的倾听者。我对她产生了一种越来越深的厌恶感,而这与欲望是不无关系的。

然而,不可否认的是,这一场景的陌生感非常强烈,使我全部的注意力都集中在这个精瘦且茫然若失的身影上。不知为何,这所房子的寂寥氛围似乎是从他身上散发出来的。他带着一股忧郁、受伤的气质,仿佛他失去的是自己与生俱来的权利,而不是依靠武力掠夺的战利品。此时此刻,连我都很难把他看作真正危险的人物。他像是个小孩,为了饰演某种想象中的角色而装扮。

前门很重。他走过去,试图扭动把手,似乎他认为这一次,就仅仅这一次,大门会为他再开。我很欣慰我们未能进去。若被这位小怪物牵着鼻子,穿过他旧居的内部,会让我难以承受。他像个影子一样站立在明亮花园的对面,花园里一对身影还在忙个不停，修枝剪叶。围墙之外，小镇上的灯光连成一条死气沉沉的饰带。

我说："我们得回去了。"

她听懂了我的话中含意。她不安地挪了下身子，说道："好吧。"

他也听到了。他第一次直直地盯着我。透过他闪着象牙色光芒的眼睛，我可以感到他的鄙视。他说："你不喜欢我的房子吗？"

"您来这里干什么？"

"来看看。"

"看什么？这对您来说都是过去了。"

沉默如深潭，越发不见底。她又说道："好吧。"

但是他朝我走过来，说道："他们对这个房子做了什么？什么都没有。他们把我赶出门，拿走了家具。三辆卡车开过来。三辆。"他举起了三根手指。这个数字似乎对他很重要。

"本来这也不是您的。"

他没有理会我，继续道："然后他们就把房子遗弃在这里，什么也不做。如果我不打理花园，那它会变成什么样？花园会荒芜。谁会剪草？谁会浇水？如果我不把它全面保护起来，总有一天一些烂人会破门而入，擅自在这些房间里住下，在这些美丽的房间里。"

她焦急地说道："您一定吃了很多苦。"

"不容易。很不容易。今天还住在这里，第二天就窝在帐篷里。今天一切皆有可能,明天希望湮灭。太糟糕了。糟糕透顶。"他沉重地把头转向我:"那么告诉我,医生,如果你是我,你会不想回来吗?"

医生。这个称谓好像一块石头,冷冷地砸在我的身上。他知道。

"我不知道,"我说,"我不知道我若是您,会是什么样。"

他又慢慢地恢复了笑容,露出他又大又白的牙齿:"我来告诉你。其他人,小人物,无名之辈,他们都以为我是历史了。但我不是历史。我的时代还会到来。"

"很好,"我接话道,"我由衷为您感到高兴。但现在我们要回去了。太晚了。琳达,哦,我想说,扎内勒。"

"对,"她说道,"好的。谢谢。很高兴认识您。"

他握住她的手,微鞠一躬,脸上仍挂着灿烂的笑,好像佩戴着又一枚一文不值的勋章。我早已下了一半的台阶。

当我路过那两个园丁时,她从后面追上了我。他们已挪到了一块新的地方,重新开始了充满节奏的割草与抱怨的循环。当我们走过时,他们看着我们,脸上写满了惊愕;随后割草刀锋的啪嗒声又在我们身后响起。

"慢一点,"她说,"为什么这么赶啊?"

我放慢了步伐。我们一路默默无语,走回了大门口,又走到了房子的外侧。两辆轿车停在前往我们停车处的必经之路上:一辆黑车和一辆白车,并排在一起,正如某种俗烂的团结象征。我本以为它们是一对恋人的车——属于来山顶游玩的路人——

但现在我知道它们的主人更为阴险。我不禁放声大笑。

"什么事这么好笑?"

"其实不好笑。"

"什么不好笑?"

我该怎么向她解释呢?说到底,这一切还是归结于简单而虚空的理想。今晚刚拉开帷幕的时候,她把我看作是一个坏蛋,只因我告诉她自己曾在军队里待过。而现在,这个可恶的瘦小男人在她眼里成了偶像,仅仅因为他曾是一位领袖。管它什么黑人家园、暴力四起、贪婪成性,管它什么肮脏政治与毫无价值的头衔。这就是劳伦斯所栖息的道德世界,非黑即白,但里面的权力却永远不会真正犯错。

"没什么。"我说道。

车内一片沉寂,我们都紧盯着前方,汽车向山下平稳滑去,小镇的灯光渐渐升高。之后我们又回到了空无一人的街道,断壁残垣的街头。我把车停在了妈妈旅馆的外面,一霎时我口干舌燥,满怀疑惑:这沉默是因失败而无声,还是因希望而凝重?但当我转头面向她时,我知道了答案。她也转头对着我。我们火热的嘴唇紧锁在一起。然而即便是此刻——在未登楼梯、爬上客房里那张狭窄而坚硬的床之前,这一晚所有的余韵仍荡漾在我们之间,所以在夜幕的黑暗中紧紧搂抱在一起的,不止我们两个人。

10

那天晚上,当我回到医院时,我看到他在办公室里——坐在办公桌前,在值班。他肯定听到了我停车的响声,但他并没有走到窗前观望。而我也没有进去找他。

我没有感到愧疚,当时没有。愧疚感是事后缓缓潜入的,宛如一颗黑色种子,慢慢萌芽。当晚我感受到的是对他产生了一种违背常情的亲近感,仿佛达成了一项协议,仿佛我和他之间签订了合同,而她则是其中的工具。

翌日清晨,他回到宿舍时,我见到了他。他看上去又疲惫又憔悴,但没有上床。他刮了胡子,洗了澡,换了干净的衣服。然后他问我——以一种脱口而出的随意口吻问——"昨天晚上你们过得怎么样?"

"哦,马马虎虎。我们去了妈妈的店里,吃了晚饭。没有特别让人兴奋的事。"

"谢谢你帮我,弗兰克。你真是个好朋友。"

我不知道为什么我对准将的事避而不谈。昨晚和他的邂逅并没有影响我。但不久之后,在她开车回莱索托之前,我看到她和劳伦斯在一起的样子,我就知道她也没有把准将的事说给劳伦斯听。这很诡异,但是昨晚分别前发生的激烈的云雨关系好像就是在山上的禁密花园里开始孕育的。

"谢谢你的陪伴。"她说道,伸出了一只手,"很高兴认识你。"

如此正式,如此友好。她喜怒不形于色。我握了下她的手,但我们的目光没有相遇,当离别的时刻到来时,我在办公室里忙这忙那。

劳伦斯陪着她一起出去了。五分钟后他就回来了,看上去若有所思、心事重重,但我仍然可以感觉到他不时地朝我看一眼,好像可以在我脸上看出不忠。但我表面上平静、清白,这是因为我在和克劳迪娅的婚外情中学会了如何隐藏背叛。

当夜幕降临时,我知道我想做什么了。我钻进了车,穿过小镇,开到远处的一个电话亭那里。我本来也可以用其他的电话,医院里就有一个,但是不知道为什么,这个孤独的地方,在远离人烟的最边缘,是聆听她的声音的最佳地点。

"我不知道为什么要打给你。"我说道。

"你是谁?"

"好好想想。从法律上来说,我们可还是一对夫妇。"

"弗兰克?哦,弗兰克!"

她的声音如此开心,那一瞬间,仿佛一切都可能被挽回。

"凯伦,"我说道,"我一直在想着你呢。"

"我也想着你,弗兰克。无巧不成书。我一直想给你打电话,然后告诉你协议书已经准备好了。你可以过来签个字。"

这可是我远远没有意想到的话,过了一小会儿,我才明白她说的是我们的离婚协议书,我们婚姻解体的宣告。

"好的。"我说道,"你要我去找你吗?"

"我没有强人所难吧,弗兰克,毕竟过了七年了,是吧?别人可都是很爽快的,没有逃避现实。你就积点德吧!"

她满怀怨气的声音颤抖着,穿过黑暗,越过过去的时光,从电话线里传入我的耳际。我所在的电话亭位于最后一段公路的石子路肩边缘,街灯勉强照及。我只要向前迈出一步,就会走进一片黑暗,走进灌木丛中。我能看到一排排锯齿状的树叶,听到隐藏在它们中间轻柔的窸窣声:风声、树枝摇曳声、昆虫的喃喃细语。我说:"你没有必要这样。"

"什么?"

"这样和我说话。你要离婚,我会成全你的。我不会再逃跑了。"

一阵短暂沉默后,她又开口说话了,这次缓和多了,但仍有些警觉:"太好了,弗兰克。我们必须这么做,这次我们一定要放手了。"

"我过几天就去找你。"

"什么时候?"

"我能等一下再告诉你吗?我这里要做一些安排——"

"你就不能至少给我一点具体计划吗?我们这边也要花工夫

规划自己生活的,你知道的呀。"

"星期四,"我说,"星期四怎么样?"

"星期四可以。我把协议书拿到家里来。"

"好的,到时见。"

"弗兰克,你打电话可不是为了这件事,你有什么想要说的?"

我想了一下,然后才记得打这个电话的原因,但即便如此,我仍然不确定我到底要干什么。只是想听听她的声音。但是我原本想听到她说一些话——那些她再也不会说的话,那些话都丢失了、埋葬了、远去了。我放下电话筒,站在那里,脸贴在电话亭的塑料边缘,看着外面的茫茫黑夜。过去与未来都是危邦,过去的七年里,我一直寄居在无人地带,在两者的边境之间。如今我感到自己又开始迁徙了,心里惴惴不安。

我回到车上,缓缓地开到了玛丽亚的小木屋。但我也不知道要去那里寻找什么。我漫无方向、颠沛流离。我坐在屋子角落里的一个木箱上,揉捏着前额。

"周五、周六,你不来,"她说道,"为什么?为什么?"

我当时和劳伦斯的女朋友在一起。但是我没有说出来。这些是正常关系内才能提出的问题,而在这里没有资格问。

"我很忙,上班。"

"上班?"

"对。"

她坐得离我远远的,在黑暗的墙角。油灯在我身侧,炽热地燃烧着。

"今晚你来得够早的。为什么?"

现在是晚上六点,也许是七点——比我通常来的时间要早很多。我甚至完全没有意识到这一点,但我接过话来:"因为我马上就要回去了。我要睡觉,非常累。"

"累?"

"对,玛丽亚。你为什么没有说他来过这里?"

"谁来过?"

"劳伦斯——我的朋友。他说他来过这里的村子,就是店后面的那个村子,而且来过好几次。你为什么没有告诉我呢?"

然而她摇了摇头,眉头紧锁,脸上一片空白。没有,她说,她没有见过他。她不知道我在说什么。

她在撒谎吗?我紧紧地盯着她,想看出一些蛛丝马迹。紧接着我第一次注意到,她不是很高兴。

"怎么啦?"我问道。

"没事,没有什么问题。"

顷刻之间,一滴眼泪顺着她的脸颊流了下来。我站起来,走到她身旁,而她却背过身转向另一边。

"这是什么?玛丽亚,这是什么?"

她脸的一侧有伤痕,一块瘀青。我看出来了,她在隐藏着这个伤口,坐在远离灯光的地方,调整角度,以避开我的视线范围。

"没事,"她说,"什么事也没有。"

"你说什么呢,什么事也没有?怎么可能什么也没有?它是怎么来的？"

"没有，没有。"她摆着手，又一滴眼泪掉了下来。瞬间我明白了我进门后她问的那些问题。你不来，为什么？为什么？我试着抱住她，但她起身朝货架走去，开始重新整理上面摆放的木制动物。过了一两分钟，她说："你现在回去吧。"

"我想和你在一起。"

"不，现在危险。麻烦，麻烦。"

"过一会儿我能回来吗？"

她摇着头说："你最好回去，明天再来。"

我站起来，拍了拍膝盖上的灰尘，觉得又尴尬又羞愧。因为不知道自己还可以做什么，我就从口袋里掏出一些钱。我递到她面前：五十兰特。但是今晚她并不想收，这还是破天荒头一次。她好像几乎没有看到似的，又摇了摇头。她想要别的东西。

"你明天晚上来？"

"好的。"

"你肯定明天？"

"对。"我说道，我是真心真意的，但是她看着我，好像我在撒谎。

每个周一早上会在办公室举行职工例会。理论上来说，这段时间是用来讨论病人的情况，集中探讨一些具体的案例以便改善工作，以及让大家提出和分享任何问题或意见。而实际上，这个会主要是以书面形式完成：点名，恩格玛医生简短发言，大家又各自散去。

但是今天早上恩格玛医生说道："今天有个……特别的通知。"

我们的目光都转向她。她不自在地挪了挪身体，对着劳伦斯指了一下。

他看上去意气风发。他穿上了最得体的衣服，把头发梳了又梳，一缕缕湿漉漉的发丝都分得清清楚楚，油光锃亮。他把白大褂扣得紧紧的，连领口都扣住了。他站起来，手上握有一沓文件。

"嗯。好。谢谢。我只想告诉大家星期四……这个星期四早上……我会在附近的一个村子里开设个临时诊所。"

房间里传来一阵轻微的错愕声。有椅子移动的声音，也有纸张的窸窸窣窣声。

"你说什么？"克劳迪娅问道。

"诊所。我们要开个诊所。"

豪尔赫咳了一下："我有点蒙。你想……"

寂静中，一丝沮丧开始暗自萌生。劳伦斯的脸色微微一沉，他看着手中的文件，好像能从中找到现成答案似的。

恩格玛医生咳了一下，我们转头看着她紧绷的脸。"这个想法，"她说道，"这个是由劳伦斯提出来的。这是个……非常好的想法，我觉得。但是不用说，这是完全自愿的。如果你们有谁想去帮下忙，我们将十分……"

"感激。"劳伦斯接过了话。他仍然站在那里。

"我本人没法去,"恩格玛医生说,"公务在身。"

"也许我应该解释一下,"劳伦斯说道,"计划是我去做个演讲。我还没有百分之百确定,有很多事可以讲……但我想,先讲一下公共环境和个人卫生,你们懂的,再说一下关于艾滋病的知识。然后会发放安全套,这是我们现阶段唯一能发的东西,不过我相信以后可以发更多的东西。嗯,还有就是让村民们一一排队向我们中的一员咨询,问任何关于他们健康的问题都可以。这些就是我所能想到的。哦,地点是附近的一个村庄,我忘记了它的名字,但是我写在了什么地方……"

众人愕然失色,没有人说话。

"对不起,"克劳迪娅说道,"为什么要这样做?原因是什么?"

劳伦斯说道:"我想这可能是一种提高医院知名度的方法,让大家知道我们在这里。而且这是我们踏踏实实做实事的一次机会。"

这话说得不是很讨好,屋里被一阵冷冷的寂静笼罩着。他就座后,房间里的活力已经偃旗息鼓。

我等了几秒钟,然后举起手来,说道:"我完全支持劳伦斯的这个想法、这个倡议。但是恐怕我没法参加。"

我能感到劳伦斯在盯着我看。

"为什么呢,弗兰克?"恩格玛医生问道。

"我必须离开这里几天。因为有些私事。"

"你没有告诉我你有什么……"

"刚发生的,"我说道,"我准备等一下和你谈谈的。"

散会时,房间里被一种惰性淹没了。我赶紧夺门而出,在回宿舍的路上,穿过那片空地时,劳伦斯追上了我,问道:"为什么,弗兰克,为什么?"

"哦,活动当天他们会表现得热情些的,劳伦斯,别担心他们。"

"我不是这个意思。我知道他们不喜欢我的计划,我对他们无所谓。但是我在意你,弗兰克。为什么你不来呢?"

"我要去斐京。我没有办法,劳伦斯。时间有冲突。要去签离婚协议,不得不签了。"

"哦。"他脸色一黯,离婚,签字,一些成人事务,它们来自一个他不知晓的世界,"但真是太可惜了。这本来是你的主意,弗兰克。"

"这可不是我的主意,"我回答道,语气如此强烈,连我自己都感到很惊讶,"这完全是你的想法。"

"但是你说去那个村子……"

"那可不是'主意',劳伦斯。甚至都不是建议。我只是随口说出来的。"

"哦,"他说道,"哦。"他垂着头,一路上都跟在我后面,没有再说一句话。

那天下午我去找恩格玛医生。办公室门开着,她在伏案写东西。一看到我,她便关上了门,让我坐在矮脚椅上。她和我面对面坐着,正如她谈论私事时一贯采用的方式。

她没有什么可以说的,今天我憔悴且充满愁容的脸赋予了我一种权力。"没问题,"她说道,"我会安排好值班表,弗兰克。不要担心。"这是我三年来第一次请私假。她把一只手搭在我肩上,然后又放下了,试图对我本人都感受不到的痛楚表示同情;我的婚姻很多年前就名存实亡了。"如果你愿意的话,明天就开始休假吧。我会安排好的。"

"谢谢你,我很感激。"

"还有一件事……"

我一直在等着这句话。我还记得她在聚会上的隐晦暗示。

"和诊所有关。间接的关系。实际上,这与工作有关。"

"工作?"

"这个工作。我的工作,"她身体朝前倾着,"你的工作。事情又有新的发展了,弗兰克。"

"是吗?"到目前为止,同样的对话已经发生过无数次了,我只能疲惫地装出饶有兴趣的样子,"太好了。"

"我想这次真的会实现了。我不能告诉你具体的情况,但非常有希望。"

"真是个好消息,露丝。我很高兴听到这个消息。"

"这就是我为什么不太确定支持这个临时诊所是不是个好主意。我知道你支持它,弗兰克。你一直帮着劳伦斯。当然你是出于最大的善意,我毫不怀疑这一点。但是我们现在不需要什么崭新的宏伟计划。"

"嗯,是的,我明白。"

"我支持改革和创新,"她带着忧伤的口吻说道,"你是知道的。但是我们不想瞎捣乱。至少现在这个节骨眼不行。"

"我明白。"

"谢谢你,弗兰克。你一直非常……体贴。你知道,当你成为这里一把手的时候,你可以随便做任何你想做的事。你可以改变世界!"

我谨慎地点着头。她对我说话的方式也很谨慎,不过现在她的一些真实感情显示出来了。

"我喜欢劳伦斯。他的出发点是好的,我能看得出来。但是有时候他……"

"我明白。"

"嗯,比如说,他刚才说话的样子。'这是我们踏踏实实做实事的一次机会。'他的意思是我们在这里什么事都不做吗?"

"他还年轻,心直口快。"

"你很忠诚。他是你的朋友。这很好。但是他……他有时比较自负,有些自以为是。"

我又点了点头,她的脸色变得不再显山露水了。烦躁和厌恶的表情消失了。也许是隐藏了起来。她说:"我没有什么恶意。你知道的。我只是觉得他如果在其他一家医院,会更开心。"

"你可能是对的。"

"我喜欢他。不要误会我的意思。"

"我明白。"

"谢谢你的理解,弗兰克。"

我回到宿舍的时候,劳伦斯穿上衣服,准备去值班。

"我一直在想这件事,"他话中不带妥协,"我其实并不在乎他们。"

"你指什么?"

"如果他们不想办临时诊所,我就自己一个人去。我不管他们怎么想。他们并不重要。我只是希望你能去,弗兰克。这是唯一让我感到困扰的事情。"

"下次吧,可能我会去。"

他向我投来一个带着创伤的感激眼神,我内心涌起一阵对他的同情。没有一个人支持他,而他对此完全不知。我们初次见面时他脸上显现的那种气质又回来了,在皮囊之下隐约可见,不停地涌动着,几乎可以一瞬间辨认出来。

当他出去后,我漫无目的地在房内踱步,把家具摆正,擦掉粘在镜面上的牙膏,掸去窗台上的灰尘。而就在我报复性地打扫房间之际,我看到特霍戈的磁带散堆在地上。我把它们叠放得整整齐齐,以便他过来拿;但是当我把房间全部弄干净后,我又拿着它们,朝走廊的远端走去。

我是在寻找什么东西吗?我脑海里没有任何动机,但就在我站到门外的那一瞬间,我就意识到内心涌生出一种越发高涨的警觉,一种戒备的预感。

我来到了走廊的最后一扇门前。外面的廊灯已经坏了很久,当然也没有人来修过。即使是现在，下午时分，我敲门的时候，周围也是一片黑暗。他没有应答。我猜他应该是睡着了，于是我更加用力地敲了门，门在我的手下动了一下。

门没有上锁。透过开着的小缝，我能窥见一张凌乱的床的边缘，还有一张摆有烟灰缸与橘子皮的桌子。我伸出手，用指尖轻轻地推了推门，好像不是我有意推的，而是风无意中把它吹开一样。门又敞大了些。我把头探进去，叫着他的名字。但是床上空无一人，他也没有从浴室里出来。

这个地方肮脏不堪。地板上散落着垃圾——旧烟盒、空瓶子、用过的杯子。铺在床上的被单看起来很污秽。杂志四下散落，空气中飘荡着一股混合了烟味、汗味和令人感到疲惫的腐旧味道。

我进去的时候，又喊了他的名字，但我知道他不在家。似乎有一个魔咒领着我跨越了门槛。在那一刻，室外的下午时光和我来这里的理由均烟消云散。我抵达了自己内心深处的某个地方——那是我心中筑建的一间龌龊小屋，里面藏有一个秘密。

但这里当然是特霍戈的房间，我也看得一清二楚。也许以某种奇特的方式，这是我第一次看到特霍戈，尽管他人并不在这儿。他在医院里是个神秘的存在，乖戾阴沉，态度大于其性格……然而我的目光却落在一些透露出他潜在本性的痕迹上。四周散落的杂志全是女性杂志，充满了时尚和魅力，他从里面剪了一些图片，贴在墙上。落日、海滩、看上去令人难以置信的喷绘风景画。穿着内衣或别致服装、摆出各种姿态的女性。

这些图片流露出渴望、感伤和哀婉的情绪。床边的一张桌子上腾出了一小块空间，上面放着的相框里是一对老年夫妇的相片。他们很显然为了拍照而穿戴一新，在正装下显得僵硬而局促，两人之间隔着一点点距离，一本正经地站在某地的一栋房子前。是他的父母吗？不可能知道，但在一片混乱中，这是他试图赋予某种价值的唯一物品。

我的目光在屋内游走，寻寻觅觅。各种零散废品的边边角角扰乱了我的视线，我花了好几分钟才能看清。但当我能看清时，其他所有东西都变得无关紧要，它们只是堆在真相周围的障眼之物。而真相存在于无数的金属小碎片、水龙头、水管和床架之中，它们随意地叠放着，堆积着，或是互相倚靠着，堆满了整个房间。然后我就明白了。

我悄悄走出房间，没有留下磁带就关上了门。过了一会儿，我在医院主楼的走廊上和特霍戈擦肩而过时，他一边推着手推车一边自娱自乐地吹着口哨，我朝他点了点头，打了个招呼。

11

恩格玛医生改了值班表。但我星期二那天并没有出发。我被心事缠绕,郁郁沉思。当天晚上劳伦斯和我在娱乐室看电视,我们俩都沉浸在各自的思绪中,直到我提议去妈妈的酒吧喝一杯。

"我不行,弗兰克。今晚不行。我心情不好。"

"走吧,我请客。我有些话要对你说。"

他听了后,精神振作了些许。流言与谜团,一些可以让他走出自我世界的东西。我们到了妈妈的店里,里面的气场和能量让我们的情绪高涨起来。很难相信这个小小的院子——如此亮堂,如此热闹——存在于一片荒凉与空虚之中。你从阴郁中走出,被温暖、喧哗与响亮的音乐包围。

"发生了什么事?"劳伦斯说道,"是聚会吗?"

"自从你上次来过后,发生了一些变化。"

他听说过士兵的事。但他从来没有见过他们,也不认为因为他们到来,情况就会不同了。但即使是我,也对眼前发生的一切感到惊奇：顾客比以前至少多了一倍，喧嚣声也成倍上升。看来有些事情真的发生了变化。

"我很快就会买个台球桌。"妈妈一边高兴地对我们说，一边叫人为我们加了两把椅子，"生意不错。"

我感到有人在看我，抬头看到莫勒上校独自一人坐在院子的角落里，他面前的桌子上摆着一杯酒。

"这些士兵，他们真的在干活吗，还是只是坐在这里喝酒？"

她装作被我的话惊到了："他们可辛苦了，每天都出去找人。"

"可是他们抓到谁了吗？"

"我不知道。"她耸了耸肩，笑了笑。他们驻留在镇的这一部分公务活动和她没有任何关系。她给我们端来了饮料，随即又走进了喧闹的人群中。

"你想谈什么呢，弗兰克？是关于诊所的事吗？"

"哦，不，不是。和那个不相关。我有个伦理上的困惑。"

"真的吗？和我谈谈吧。"

于是我平淡地、未加渲染地告诉他我去了特霍戈的房间，以及我在里面看到了什么。我说完后，他的脸色没有发生任何变化，后来变了，他的理解力过了一段时间才奏效，好像有一根手指在他井然有序的世界里仔细翻找了一番。

"你的意思是……"

我沉重地点着头。

"他一直在偷窃？一直在拿？他就是那个人？"

"嗯，看上去就是这样的，对吧？当然，也许有其他的解释……"

"什么别的解释?"

我耸了耸肩。

"没有,没有其他解释。哦,哇,弗兰克,这简直让我难以置信。"他脸色已经变得苍白。他露出震惊的表情,就像一个人被迫直视他试图装作看不见的东西时似的。接着,他的表情恢复如初:"你的困惑是什么?"

"嗯,显然……我不知道我现在该怎么做。"

"不知道怎么做?你一定要告诉恩格玛医生。"

"劳伦斯,事情并不是那么简单。需要考虑一些问题。"

"比如说?"

"比如特霍戈的背景。他遭了很多罪。我觉得不大好,为了这件事就去——"

"但是他在偷东西。"

"对。"

"这就是我们唯一要考虑的问题,弗兰克。你不能思前想后,顾忌其他的事情。"

如此简单——只有一个问题,所有的复杂与矛盾都简化成单一的道德考虑,如针尖般尖锐。这就是劳伦斯。每件事或黑或白,清清楚楚,没有争议,而你只需随之做出相应的行动。

"我不认为这件事如此简单。"我说道,悲伤中带着几分满足。

"为什么不呢?"震惊的表情又潜回到他的脸上,略带些许沮丧。他在悬崖边上保持着平衡，而黑暗的重力在拉扯着他。

"不要再争了。我们看事情的角度不同。"

"但是我在努力理解，弗兰克。告诉我吧。"

"我不知道怎么解释才好。"

"你人太好了，弗兰克。你真会悲天悯人。"

"你别管了，这是我的问题。"

虽然我们当时没有继续讨论这件事，但我可以觉察到我把问题转交到他身上了。当晚他一直看上去烦恼不安，心事重重，而酒吧的喧闹声与粗俗的玩笑声却感染了我。我度过了一个开心的夜晚。

第二天，当他看着我把衣服扔进行李箱的时候，他又提及了这个问题。"你决定了吗？"他试探性地问道，"你想到……该怎么做了吗？"

"没有。"

"但你应该尽快做点什么，不然就太晚了。"

"那样更好。"

他脸上浮现出痛苦的表情，说道："这事只会一直发展下去。他会不停地偷拿、盗窃……"

我微笑着坐了下来："你真的这么关心这件事吗？说到底，那只是一个废弃的楼房。"

"不！我是说——是的，我确实很关心这事。"

"我想，就这件事来说，人的感受更加重要。"

一阵短暂的沉默过后，他又不好意思地说道："嗯，如果你同意的话，我可以去做。"

"做什么？"

"报告……发生了什么。"

"但你没有亲眼看到。"

"嗯，我知道，但……总得有人做些事情。如果你觉得太为难的话……我只是想……"

他显得局促不安，现在这个道德难题全归他了，而我只是居高临下地看着他在现实世界中斗争。我说："我觉得这不合适。看上去不大好。"

"只是一个想法，弗兰克。我绝不会提你的名字。"

"好吧，"我说道，"你必须跟着你的良心走，劳伦斯。遵循你心里认为的最好选择。"

这个话题就此为止了，然而他看上去突然解脱了。我也松了一口气。未经我的双手，未来就在成形，而无意间的共谋又把我们之间的关系拉得更近了。

他说："你出发前有时间打乒乓球吗？"

"嗯。好的，可以。反正我晚上才走呢，我喜欢在黑夜中驾车。"

在娱乐室里，当我们在太阳的照耀下跳东跳西，互相把球推来挡去时，一切几乎回到了从前的样子——融洽友好，真是一段快乐的交往。后来我们都累了。他把球拍扔下，倒在了沙发上，把覆盖在眼睛上的一缕头发拨开。

"我收到了扎内勒的信。"他宣布说。

"那很好啊。"

"她和我分手了。她说我们的关系结束了。"

"但我一直以为你们两个人志同道合。"

"我也是这么想的。"

"她说什么了?"

今天他脸上第一次浮现了一种真实的情感：一种遥远的痛楚，像地下的微震。"哦，你知道的。都是假话……整个关系不行了……分开太久，没有共鸣了，"他的表情又变得孤傲起来，"常见的借口。一大堆空话。"

现在它来了：内疚，像一块污渍在我身上渗开。我避开他的眼睛："我很抱歉，劳伦斯。"

"没事。"他耸了耸肩，"奇怪的是，我并不是很在乎。你以为自己深爱着某样东西，但当它消失时，你才发现自己并不是那么在乎。"

"有时候是这样的。"

"工作，"他说，"工作是唯一重要的事情。"

他真的是这么认为的。我站起来俯视着躺在沙发上的他，思考着他说的话。他几乎没有性生活，唯一真正的激情在工作上。但对我而言，工作从来没有那种意义：那只是另一种徒劳，没有出路，没有前途。

他突然说道："我猜你在想你的妻子。"

我完全被这句话吓了一跳。我根本就没有想到她。

"婚姻是什么样的感觉？"

我不知道该怎么回答，但我对新婚初夜还记忆犹新。我们到乡下去度蜜月。那个莫名变成我生命中另一半的女人正在浴室里，而室外的整个世界也蓦地显得奇怪、生疏，也许还很危险。我有一种惊慌失措的感觉，与新婚的幸福感混杂在一起。那种感觉很强烈，但是瞬间就消失了。

我说："我不想谈这个事情。"

在我踏上当晚的长旅之路时，我在镇郊目睹了三件事，它们在我的脑海里相互连接了起来。第一件事发生在我到达主道前的一小段支路上。每次当我驶到可以看到旧军营的拐弯处时，我都会缓下来，那里通常并没有什么可以看的，只是一片黑暗与灌木丛，但是今晚却有灯火。可能是火，也可能是一盏灯：一个几乎湮灭在黑暗中的小火花。接着它就熄灭了，或是我已经开过去了。

这让我思绪万千。那晚花园里准将对扎内勒说的一些话一直困扰着我：*不容易。很不容易。今天还住在这里。第二天就窝在帐篷里。* 当然帐篷本身就意味着它可以被随时拔起，移东移西，准将的帐篷可能支在任何一个地方。但是旧军营里仍留有旧帐篷，至少还有两顶，而且毕竟他是从那里起家的。在那里，他的阴魂总是让人感觉到更厚重，更真实。我开始怀疑起来。

我想起在花园里工作的两个人，还有他们穿的褐色军用连体裤，而当一群穿着军装的人出现在车前灯里时，我脑海里还是他们两个人的影子。新军服,新军队;但看到士兵们手中握着枪,在夜色的笼罩下若隐若现时,有那么一瞬间,又好像旧日重现。路上有一排灯光,金属障碍物拦住了柏油马路,手电筒的灯光指示我停在路边。他们设立了一个路障。但这是莫勒上校和他的手下,在做另一种工作。我认出在吧台边上看到的那些挺直的身体,但今晚他们用步枪互相掩护,在搜查汽车的后备厢和手套箱。审问我的黑人士兵很干练、彬彬有礼。"你从哪里来?要去哪里?请把后备厢打开让我看一下。"

当我重新出发的时候,我在找莫勒上校。我没有看到他,但是我能感觉到他就在附近,他是另一种鬼魂,萦绕着我一路驶过弯道与凹地,直到我开到了玛丽亚的小屋。

接着第三件事发生了。我没有在承诺的当晚去看望玛丽亚,第二天的晚上也没有去。我把所有的精力都放在医院里的事上了——特霍戈和偷窃,而且我知道只要我准备来,这个小屋会一直在这里。我想着今晚我会顺便过去一趟,但现在我看到那辆白色汽车正停在屋外。

无巧不成书:那辆白色汽车。一个随意的图像,我从来没有在这上面花过心思,但现在内心仿佛划过一道闪电,我想起来了,那辆停在山上准将宅邸外的白色汽车。尽管我甚至连两者是否相似都不知道,但我立刻确定它们就是同一辆车。

立刻确定,然而随即又没有把握……不过两者已经建立了联系。当我在黑暗中不停地向前行驶时,内心感觉像是有一种巨大的不安在驱使我前行,这种感觉是拼图游戏里环环相扣的零片，正好在我指尖掌控之外，让我无计可施。

我摇下车窗，让热风吹过车厢。崖坡陡起，将我抬高，不久后我就离开了森林地带，来到了开阔的大草原上。这里的夜色辽远，仿佛一张巨大展开的画布被紧紧地绑在了地平线上。黑暗中，汽车在延绵的路面上起起落落，车前的大灯散发出微小而迷离的光。微小自能安抚人心。行至一处，有草原大火在熊熊燃烧。从很远的地方就能看到烈烈火焰，当我驶近时，我看到几辆车和一帮人聚在一起。火焰冲天，照亮夜空，黑烟在人为的黄光中翻腾乱舞。我降低了车速，但他们挥手叫我离开。火焰的热浪鞭打在我脸上，诡异的午夜聚会，渐渐消失在我的后视镜里。

接着一个个小镇迎面而来，处处关门闭户，沉睡不醒，窗户上封了铁栅栏。其他的道路也汇入主路，道路越来越宽广。高压线铁塔和烟囱映衬着天空。加油站霓虹闪烁，服务员在小岗亭里沉睡着，冻得瑟瑟发抖。在远端的天际，城市如同阴燃的煤堆。一个陌生世界的所有元素都呈现在我眼前，汇聚成过去的图景。

晨光熹微之时，我到达了目的地。但是我没有马上直接去他们家里。我漫无目的地在郊区的街道上开了一会儿，感受栖居在房里、墙后及花园里的居民的气息。即使只是一日伊始的生活迹象，如几辆汽车，人行道上的三两工人，也让我觉得此地不同寻常地生机勃勃。

我的父亲住在城市的南部，在一个富裕、高端的郊区。街道宽阔，绿树林立，散发出一种开阔感与明亮感。我从十几岁开始就在这座家宅内长大，但花园的后半部分后来被分割出去、卖给别人家了。另一个变化是房子被高墙包围了。我当年住在这里的时候，周围还只是一片篱笆。现在这堵墙似乎被建得越来越高。

我按了门铃，我的继母接通了对讲机。"我是小弗兰克。"我告诉她，然后大门顺着它的铰链沉沉地为我转开了。我停在车道顶端的车库外。高耸的大树下，草木青翠葳蕤，砖砌的城堡俯瞰着院落。

她出来迎接我，身着优雅的便装，脸上浓妆艳抹。但妆容却无法掩饰她表情中的一丝伤心。瓦莱丽是我父亲的第四任妻子，但她实际上比我还年轻几岁。我们从来没有找到过一个舒适的交流之道。

她尴尬地吻了我的脸颊："爸爸正在洗澡。路上怎么样？要我帮你拿行李吗？你一定很累了吧。"她的焦虑伴我爬上了台阶，迈入屋内。两位女仆穿着蓝色制服，系着褶边围裙，快步迎上，屈膝行礼，两人都光着脚，以免弄脏地毯。家里有很多画着神秘图案又带有东方色彩的地毯，它们是我父亲的一个嗜好。

"让我好好看看你。哇，你看上去越来越像爸爸了。"我希望她不要这么称呼他，好像他是我们两人的父亲。她已经很像我的妹妹了，那张涂脂抹粉、忧心忡忡的小巧脸庞后藏匿着我们之间隐秘的竞争。"你可以睡在你以前的房间里，弗兰克。我一直没有动它，还和以前一样。"

我父亲的每位妻子都热衷于装修房子，也许当她们感觉自己只是过客时，这不失为一种宣示自己为女主人的方式。自从我离家后，我的房间被改动且重新粉刷了好几次，而瓦莱丽保护我童年避难所的方法就是在天花板上挂我的旧飞机模型，还在窗台上摆放了一些我学生时代令人难堪的照片——弗兰克在第五橄榄球队；弗兰克作为全校男生副代表，与校长握手。除此以外，这间房就和一个中档酒店一样漂亮整洁，里面堆满了我母亲绝对不会考虑的装饰和颜色。

"开了这么久的车，你想冲个澡吗？你一定很累了吧？你想睡一下吗？你要吃点早餐吗？"

我坐在后面的露台上等着，喝着未加奶的咖啡。我可以听到我父亲在浴室里，伴着水花四溅的声音，自娱自乐地哼着歌。他还打了一个响嗝。听起来他心情不错。瓦莱丽走出来，假装摆弄着楼梯上的盆栽，然后对隐身在外面树叶中某处的一名园丁发号施令。随后她又回到了屋内，忙这忙那，直到她听到我父亲走过来时，她才端着一杯咖啡走出来，坐在了我的旁边。

"你准备待多久，弗兰克？"

"就一两天。我来见凯伦的。"

"凯伦？哦，那很好啊。"她的声音带有一点昂扬的调子，充满了希望。

"不，不。"但未待我解释，我的父亲已经来到了露台上。

老弗兰克·埃洛夫现在六十五六岁了，但他的身材和声音却像一位年轻十五岁的人。他身材宽大、松弛而高挑,英俊的脸上总是带着淡淡的微笑。即使是早上刚起床,他也已经刮了胡子,喷了香水,穿着佩斯利纹花呢睡衣与土耳其拖鞋,打扮得整整齐齐,非常优雅。他与我握手,这就是他标志性的问候与道别的姿势,小时候我就熟悉了这一习惯。他的手上还带有来自浴室那潮湿的温暖,也许是他的发油。

"弗兰克!"

"爸爸。"

"很难得的惊喜啊。我的意思是——能见到你。我希望你这次和以往不同,是全心全意来度假的。"

"不,这不是度假,爸爸。我要处理一些私人事务。"

"私人事务?"

"他是来看凯伦的。"瓦莱丽一本正经地说道。

"哦,是吗?"

"我其实是过来签离婚文件的。"我说道,随即露台上气压明显地降低了。我的父亲向来认为我与凯伦的分居是我事业衰退的原因,他经常表明希望我们会破镜重圆。

我听到瓦莱丽说:"哦。"

"嗯,弗兰克,我很遗憾听到这个消息。"我父亲露出了阴沉的表情,但这并没有完全抹去他的微笑,他的声音却低沉下来了,"已经不可挽回了吗?这是谁做的决定?再等一等会不会好一点?"

"她的决定。对,不会回头了。他们准备结婚,然后移民去澳大利亚。"

"哦,好吧。是的,很多年轻人都远走他乡了。非常悲伤。"

"我也会跑,"瓦莱丽表态道,"我明天就想走。但你爸爸不会同意的。"

"这里还是世界上最好的国家,"我父亲咧嘴一笑,说道,"仍然有最好的生活。我现在要去换衣服了。"

早晨的太阳把露台晒得很热,因此趁父亲去换衣服时,我们进了书房。这是家里最大的房间,书盈四壁,墙上自豪地挂着父亲职业生涯的荣誉证书。我青春期最深刻的记忆——看似只是唯一的记忆,其实是很多记忆重叠在一起——就是在办公桌的另一端面对着他,他的背后杂七杂八的照片与宣传材料像云一般悬在他的头上。

我现在走近了去仔细看着它们。大多数照片是老弗兰克不惑之年的样子,他笑得很灿烂,头发整齐地梳向后面。有些是他与二十年前的电影明星和政客的合影。我很惊奇地发现其中有几张较新的照片,他还没有过气。

我的父亲在他的时代曾是一名风云人物。对医生来说,这是非同寻常的命运。但他抓住了稍纵即逝的机遇。他出身贫寒,来自一个小镇,有幸获得了一家矿业公司的奖学金资助,念了医学院。取得行医资格后,他在该公司管辖的一个矿场做了医生。出师不利,但有一天矿场的井下发生了骇人的生产事故,而他正好在现场,这使他的人生发生了翻天覆地的变化。四十八小时不眠不休,我父亲蹲在那坍塌的隧道里,固定伤者的断骨，进行截肢手术，缝合伤口。他救了六七个矿工的命，没有他，他们肯定活不下来。

他的成就是真实的。然而四分之一世纪过去后，很难不用怀疑的眼光去看待它。那是在白人美梦逐渐褪色的年代，他们需要一位模范代表来重振他们的形象，老弗兰克一度就是他们要找的人。他确实英俊潇洒，拥有偶像明星的神韵，有着少年般的额发，露齿的笑容。媒体对他青睐有加。关于他艰难的成功之路的报道出现在全国性大报的头版头条、电台的专访，以及杂志的专题里。谁会管那些矿工呢？他们又回到了地下，无人问津，而我的父亲成了现世英雄。

如果没有电视，所有这一切仍可能瞬间消失，就像他一夜成名一样迅速。当时电视在南非刚刚起步，在我父亲上了一次新闻后，有人认定他将会是一个新栏目的理想主持人。那是一个医学知识猜谜节目，作为一个温文尔雅的主持人，老弗兰克向当地各行各业的名人提问。观众十分喜爱这个节目，也爱他。他一直活在媒体的聚光灯下。家中收到一堆堆的粉丝来信。就在他名声日隆的某一天，我母亲去世了，但我深信他几乎都没有意识到，尽管这件事又为他招来一轮更多的媒体曝光。

身处所有这些喧哗和光鲜之中，他仍然成功地延续了他的正经事业。他已不在矿上行医了，而是往高处走了。但他确实是一位有天赋的外科医生，求治的病人络绎不绝。当然媒体宣传也帮了他很大忙。他开始推销自己的产品：专门为黑人打造的直发液和皮肤美白剂，为白人女性专制的各种美容霜。这些产品至今还在卖，仍为他带来收入。

这是一条波澜壮阔的、难以置信的成名之路，而且即使到现在依然没有完全褪色。他还受到热情款待，吃喝玩乐，四处受宠，是特殊场合的座上宾，作为荣誉嘉宾被邀请去演讲，参加座谈会。这是一场人间闹剧。没有人在意我父亲一生中最非凡的成就是五年、十年、三十年前的事，从那以后他再也没有做过一件有意义的大事。不，他将会永远年轻，永远光芒万丈。

所以我背负着压力。我要证明自己。我曾想象我要成为他那样的人，而且我想象着这应该很容易做到。当然现实远非如此，现在挂在墙上的照片和文字就像是对我的审判。

我听到他要进来了，于是就去坐了下来。他已换上了高尔夫球衣，便裤和短袖衬衫。

"我希望你不要在意，弗兰克，在知道你来之前我就安排了这场比赛。"

"没问题，反正我今早要去见凯伦。"

"这究竟是怎么回事，你和凯伦之间？"他严肃地在办公桌后坐定，"你要我和山姆说说吗？"

山姆是凯伦的爸爸，我父亲的一个老朋友。

"什么？不，不。这没有什么用的。"

"你确定吗？一点点背后的压力——"

"我先出去，让你们两人好好谈谈。"瓦莱丽说道。

"不，不要。没必要再谈这件事了。"我的语气很坚决。我最不希望看到的事就是我父亲在背后悄悄运作，好像整个事情都可以被他搞定。但他不喜欢别人用这样的口气反驳他,他生气地对瓦莱丽说:"那些花都死了。"

他指的是壁炉台上一大束开始发黄的花。

"我已经叫贝蒂把它们扔掉了。"

"行,那再跟她说一声。我不喜欢它们在那儿。"这是他无限魅力的另一面,一种完全以自我为中心的任性和愤怒。

我站了起来:"我去冲个澡,换一下衣服。我们等会儿再见。"

"我不是要干涉你的生活,弗兰克,你知道的。"

"我当然知道,爸爸。"

我走到自己的卧室,冲了澡,刮了胡子,换上了干净的衣服。宅子里其他宽敞房间里的声音一直不断地渗透过来:洗衣机的振动声,空调的嗡嗡声,仆人们几乎无声无息的忙碌打扫声。这些声音对我来说都很陌生,尘封在久远的记忆里。浴室镜子里映照出的脸回望着我,也是记忆与陌生混为一体。如果你细细地看,你会认出摆在窗台上的照片里的那个男生。但是他现在看上去已全然不同。脸上的红晕已不见,头发颜色更深,也越发稀疏,脸颊与颈部的肉也变厚了。这是一张慢慢衰败的脸,从骨架上坍塌滑落,慢慢显出血管、黑痣和斑点。你已可以在这张脸上看到一个老人的样子,表情中带着一丝溃败。

凯伦和迈克住在一套顶层豪华大公寓里,公寓位于市里一处几乎完全是平地的街区。一个中产阶级街区,不是特别富裕。但凯伦的爸爸山姆拥有整幢大楼,以及附近的其他几幢大楼。

他在全国各地还有其他不动产。当凯伦和我结婚时,他把这套顶层公寓作为新婚礼物送给了她。

山姆很早前就认识我父亲了,当时他们两人在一起上大学。我父亲经常很高兴地告诉我,远在金钱进入他们的人生之前,他和山姆就已经亲密无间了。那时候山姆只是个被寄予厚望的法学生,而我父亲仍是一个贫穷的乡下佬,试图塑造自己的未来。我想,他的故事的寓意是说他们的友谊是建立在欣赏与尊重这些真正有价值的东西之上,而不是在名利与收入这些短暂而变化无常的流沙之上。

山姆看我不顺眼。他从未喜欢过我。也许他看到了我和我父亲都不愿承认的东西:我的未来并不光明,我并没有像老弗兰克·埃洛夫那样的好底子。不过,当他的小女儿和我陷入爱河时,他还是很仁慈大度。我很小的时候就认识凯伦,常和她一起同进共出。从社交层面上来说,我们走到一起是不可避免的事。相似的特权与财富,相似的家庭,都是由出身卑微却有凌云之志的一家之主白手起家的。凯伦和我都没有特别突出的才能,这并不重要。我们的生活可以因为金钱而变得突出。

凯伦有点漫无目的,有点漂浮不定。她会开始学一个东西,然后就放弃了,转而去学其他的。最后她终于完成了戏剧学位,她说她对这个专业很有热情,然而演了几次吃力不讨好的跑龙套角色后,她也放弃了。我入伍两年后,复员回来和她结婚,那时她和她妈妈一起经商,开了几家生意还不错的礼品店,但过了一阵子她又觉得无聊了。正是在这接下来的空虚期,她在家扮演无所事事的女主人的时候,她和迈克开始了婚外情。我曾一度痛苦地思索:如果她一直在工作的话……

如今她自诩为室内设计师。我必须承认她的眼光很好。她重新装修了整个顶层公寓,把它从一个昂贵的陵墓变成了一个通风宽敞且舒适的地方,尽管从我的审美感觉来说,略显高档。有太多开放空间、木质地板、可以一览城市景色的高窗。

我到她家时,凯伦的妈妈杰奎正好准备离开。她穿着高跟鞋,小心地走着,好像为了不让高耸如柱般的头发塌下来。她老态尽显,穿戴干净,化妆掩饰不了她的干枯,即使只是勉强挤出的干笑也有让她开裂的风险,她的脸颊向我凑了过来,表情没有一丝变化。"弗兰克,"她喃喃道,"我知道你们约了见面。我现在就出去了。"

"我以为你和山姆在法国。"他们六年前移民去了那里。

"回来处理一下生意上的事。今年第三回了。你知道山姆的,他不会放手。"

"也是。"

"你怎么样,弗兰克?还是一门心思地工作吗?"

"嗯,是的。和以前一样忙。"

"我听说你在那边做得十分出色。在农村的黑人中间。"

她妈妈走后,凯伦才开始和我打招呼。她把嘴唇贴在我的脸上,匆匆地干吻了一下,我的手也瞬间触摸到她瘦削的臀部。

"你瘦了。"我对她说。

"你发福了一点。弗兰克,你看上去很糟糕。发生了什么?"

"什么都没有。还是老样子。"

"我们到客厅去说吧。"

我们刚在可以俯视城市天际线的庞大皮革扶手椅上坐定,她就从咖啡桌上拿起一沓文件:"这个。先谈正事。我都准备就绪了。"

"我能看出来。"

"我确定你会想让你的律师仔细看一下的。"

"不,"我说道,"我现在就签字。给我一支笔。"

她吃了一惊:"你难道不要亲自读一遍吗?"

我试着去读一下,但从第一行开始——*凯伦与弗兰克的婚姻已经无可挽回地走到了尽头*——我就走了神,看不下去了。纸上写了我们婚姻的方方面面,而这一切与我现在的生活没有任何关系。

"这上面有什么事我应该知道的吗?"

"什么意思?说我会骗你?我不会骗你的,弗兰克。真是个可怕的想法。这只是确认我们现在的协议。我的东西归我,你的归你。老天爷,唉,你有什么东西,你觉得我想要?"

"我只是确认一下。"我拿起她放在桌上的那支锃亮的钢笔,在最后一页签了名。钢笔尖在纸上的划痕发出了几乎难以觉察的沙沙声,也许只有我的耳朵才能听得见:那是十一年岁月崩溃的声音。

"那里。"她说道。她让我在每一页上都签名。然后她把文件和笔都拿走了，一直送到他们的卧室，不再让我碰到，好像我可能会改变主意。当她回来的时候，她对我放松了戒备。

"你不该不经细查就签名的，弗兰克。你这人就是这样，对什么都不在意。你永远也不知道会发生什么事情。"

"你这人就是这样，觉得我在怀疑你欺骗我，你就开始生气，然后因为我没有检查你是不是在欺骗我，又开始发火。"

她笑了起来，仿佛我在赞美她："好了，事情搞定了。法院方面只是走过场而已。结束后我会通知你的。你想喝点什么吗？"

"不用了，谢谢。我已喝过咖啡。"

"早上我总是喝果汁。弗兰克，我给你弄点果汁。也许会改善你的肤色。"

她家里的用人就在背后晃悠，但凯伦还是自己去了厨房，端了两大杯橙汁回来。她现在坐在了另一张椅子上，离我近了点，我意识到我们要谈一些私事了。

"弗兰克，我想问你一些事，不要拐弯抹角。"

"说吧。"

"你对迈克有什么看法？我的意思是，现在，既然如今一切都尘埃落定了。"

"我对他怎么看？我认为他是一个偷走我老婆的阴险小人。"

"嗯，弗兰克。不要这样。好多年前的事了。我们不能朝前看吗？"

"我早已不活在过去了。但是我还没有原谅他。"

我的爱恨如此分明，这令我自己都觉得奇怪：尽管我对凯伦的爱已经只剩下一线微弱的幽光，但我对迈克的怨恨仍在熊熊燃烧，十分耀眼。也许过了某一阶段，一个人的性格就会自我定型，一成不变地停留在脑海里。我能看到墙上挂着迈克的照片，最近才拍的，虽然他谢顶、身材肥胖，几乎一点也不像那个曾经是我知己的年轻人，但他身上的一些东西——也许，也是我身上的一些东西——却是永恒不变的，难以磨灭。

"那就太可惜了，弗兰克。真可惜，你是如此……报复心强。迈克想摆脱过去的羁绊。他想要……我不知道怎么说才好，在我们离开之前做个了结。实际上，他告诉过我，他有时候很想念你。"

"是吗？"

"哦，我为什么要吃力不讨好呢？我以为也许现在离婚手续都签了，正式结束了……但现在我可以看出这是浪费时间。你为什么这么怨气冲天，弗兰克？是不是因为你困在那个荒山野岭太久了？你不觉得现在是时候回到文明社会了吗？"

"不。"

"你以为我们会同情你吗？迈克说你喜欢通过吃苦来吸引眼球。"

"我不管迈克怎么说。"

"好吧，真遗憾。我只能这么说。事实上，他喜欢你。"

"老实说，"我接着道，"你可能不相信，但是我想待在那里。就我自己的生活方式而言，我几乎算得上快乐。"

她盯着我看了一会儿,然后俯身向我靠近,我看得出来她要问我一些大胆的问题了。

"你有……什么人……在那里吗?"

"对。"我回答道,我被我自己斩钉截铁的答复吓了一跳。而且同样令我吃惊的是,玛丽亚的影子如此轻易地显现在我的脑海中。独自一人,在简陋的小木屋里等着,等着我。

凯伦点了点头,紧张地笑着:"她是谁?我猜是院里的一位医生。"

"不是,是别人。不在医院里。"

"嗯,我能听得出来,你不想和我分享更多的信息。但是弗兰克,如果我们一起见个面,那就太好了。我和迈克,你和你的女朋友。我们可以一起去吃晚饭什么的。你考虑一下吧。"

我几乎要笑了出来。想到玛丽亚和这些人在一起,甚至立足于这些家具之间,都是一幅荒唐的画面。接着我就意识到我已经离一般的生活有多远了。

我喝完了橙汁,放下了杯子:"我应该回去了。"

"好吧。我想你要忙活家里的事情。听到你爸爸的消息,我很难过。"

"什么?"

她这句话突现在我们的交谈中,如此不动声色,我几乎没注意到。

她看上去吓了一跳:"哦,我……我听说他身体不好。"

"据我所知,他挺好的。"

"我不知道,弗兰克。对不起,翻篇吧,当我没有说过。"

但在回程的路上我一直在想着这件事,到了家里,我又给凯伦打了电话。她又重操起那个干练而戒备的口吻。我们的亲密时光已经流走了。

"我真的很想知道,"我说,"不管是什么,我希望你能告诉我。"

"我什么都不知道,弗兰克。我把它和我听到的其他事混在一起了。"

"我才不信你呢。"

"悉听尊便。但是我不会对你撒谎的。"

这一天余下的时间我都在家里度过,在花园里长长的过道与狭窄的小径上来回踱步。我的继母焦急地转来转去,这期间来回去了多次商店,也去了美容店与加油站,有一两次我话在嘴边,几乎要问她:他生病了吗?但这个问题在包围着我们生活的虚假斯文中间,显得太严重、太草率了。它听上去会非常粗鲁。

我父亲从高尔夫俱乐部回来的时候,已是傍晚时分。他说他打得很差。他喝了一点酒,看起来心烦意乱的样子,但是在我眼里他看上去并没有病。他的声音仍然洪亮,充满自信,时而像宣扬真理一样表达观点,时而开开玩笑,直到我们吃甜点时,他才想起来我不是来这里度假的。

"哦,弗兰克,我本想问你的,只是一时忘记了。你和凯伦的谈话怎么样了?"

"一切顺利。协议签好了,结束了。"

"什么?协议?结束了?"

"对。"

"但是我……我以为今天只是一场谈话。这样匆匆忙忙地处理事情是明智的吗?"

"已经过了好多年了,爸爸。不是一时冲动。"

"弗兰克,我感到很遗憾,你们走到了这一步。"

"这是难以避免的,爸爸。"

"嗯,不过,我本希望你能让我试试和山姆一起融通一下。"

"这不会有什么用的。"

"也许吧,也许。"他不停地摆弄着餐巾,"你打算和我们多住几天吗?"

"可能不会。我明天早上就要回去了。"

"这么快?"瓦莱丽装出一副悲伤的神情,"你才刚刚来。"

"我知道。但我是获得特准才来这里的。他们那里还需要我。"其实,我说的这些都不是真的,而且我也是刚刚才决定要离开——我意识到自己和这里格格不入。我属于别的地方,在那间放满了廉价公共家具的乡村医院宿舍里,那里没有一丝一毫我父亲那种世事皆可控的确定感。

"他们需要你?"他语中带有嘲讽,"你还听命于那个黑女人吗?弗兰克,现在难道不正是考虑搬回来的时候吗?"

"我觉得那边很快就会有大的变动了。"

"什么大变动？"

"晋升。看上去我很快就要成为院长了。"

"但是这个故事我们已经听了好几年了。你一开始就职的时候，就应该是领导的。"

"我知道。但现在局势变了。这次真的会实现的。"

"弗兰克，我可以和这边的人谈谈。我们可以帮你在某个地方医院找个职位。不是什么理想的位子，但是会比你现在的前程要好得多。"

"我的前程很好。"一股愤慨之情在内心油然而生，我开始用自以为是的口吻，描绘我的未来将会是什么样：恩格玛医生会调走，我会接替她的职位，我会做很多事，过几年我自己也会被提拔到其他地方去……当我勾画出这一连串人生成就的时候，我似乎很确定，一切都会如我描述的那样一一实现。而我父亲一次也没有去过的这家医院，也变成了一个好像连我也从未见过的地方：一个被需要的地方，里面都是病人，工作和无私奉献，逆境与牺牲携手同行。

"嗯，我对所有这些都一无所知，"他把面前吃了一半的布丁推开了，"这个国家变化这么大，我已经不再认识它了。我唯一知道的是，我无法这样做。我不介意在黑人手下工作，但是听命于一个女人……"

这是他所谓的笑话，瓦莱丽配合地笑了，假装义愤填膺的样子。但是我没有笑。

"我吃不下这个，亲爱的，这太腻了。我们去书房喝点咖啡吧。"

于是我们又走回到了书房。瓦莱丽和我坐在各自原先的扶手椅上，我父亲在书桌后坐定。他强颜欢笑，但是我能看出来我们在餐桌上的谈话让他很不开心。他把书桌上的东西腾来挪去，四下张望房内，直到最后他的怒气集中在一个点上，并停留在那里。

"瓦莱丽，那些花。我已经和你说过了。"

"我和她说了好几次了……"

"哦，那就再说一次，现在说。"

"稍等一下，亲爱的，等她送咖啡来的时候。"

我们坐着，一言不发，直到一个女佣，是位赤着脚、系着围裙的老妇人，端着托盘进来。当她倒水的时候，瓦莱丽侧过身，对她说："贝蒂，那些花……"

"太太……"

"你不想拿走吗？它们放在你的小房间会好看。"

"太太。"

贝蒂把那把无精打采的黄褐色叶子从壁炉台上拿下，走到了门口。

"贝蒂！"

"老爷？"

"花瓣掉了，贝蒂。地上到处都是。拜托，拜托……"

穿着干净蓝色制服的老妇人放下了即将凋谢的花，跪在地上。她开始在地板上爬行，一边爬一边捡拾落下的花瓣。

"那儿,贝蒂,"我父亲咕哝着,耐心地指着地上,"那儿……那边还有一个……"

而我喝着苦涩的咖啡,听到瓷杯的边缘碰到我的牙齿,发出了叮当一声。

12

夜深了,我在黑暗中开车回来。医院一片漆黑,只有入口和值班室的灯还亮着。透过窗户,我能看到劳伦斯在室内的办公桌前正襟危坐、警觉待命的样子,他的双手紧握在身前,穿着白大褂。

风呼啸吹着,他没有听到我汽车的声音。我在车里坐了很久,视线穿过碎石路和荒草,注视着他。我们两个人谁也没有动。他似乎陷入沉思中,但我并没有思考什么特别的东西。我只是想看他要做什么。然而他什么也没做。

我没有进去看他。我直接回到了宿舍,躺在床上,我的睡意就像延续了驾车时麻木势头一样——向前落入一片风景之中,它或与我永远地擦肩而过,或迎面穿入我的体内。

直到天亮了我才醒来,他坐在对面的床上,看着我。他面带疲惫,但他的眼睛却闪烁着奇特的光芒。

"怎么啦?"我一边说一边坐了起来,他的神情让我甚为警觉,"出了什么事?"

"没事。"他微笑着说道。

但他还是这样盯着我看。

"哦，弗兰克，"他终于忍不住了，"你走后发生了很多很多事。"

"我仅仅离开了两天。"

"对，但现在一切都变了。"

尽管他很疲惫，他说出这句话的时候却喜形于色。我承认，他的欣喜让我感到不安。但当我从床上爬起来，在脸上泼了些水后，我发现他所说的并不是一个快乐的故事。

他说他前前后后考虑了我告诉他的事情。关于特霍戈和盗窃一事。这事不能石沉大海。最后他决定做点什么。

"你做了什么？"

他去找恩格玛医生了。在我离开的那天晚上，他去了她的办公室。他把我的所见所闻都告诉了她，好像实际上是他亲身经历一样。门没有上锁，敲了门，进入房间，看见金属部件四散在屋内。

他淡淡地和我说着，没有任何表情，我想他可能也是以这样的神情告诉恩格玛医生的。但当他讲完后，他突然脸红了，红得滚烫。

"她怎么说的？"我问道。

"她说，你确定吗？你怎么知道那些东西是从哪里来的呢？我说我很确定。她说，如果特霍戈不在家，你为什么要去他的房间呢？"

"她这样说的吗?"

"她说了一些我没有权利进去之类的话。"

"我没有私自闯入,"我说道,"我又没有撬锁。天哪。"我的脸也突然一下子红了。

但他脸上的红晕已经消失了,开心的微笑又重现出来。"太可怕了,弗兰克,"他说道,"她把特霍戈叫过来了。"

"她把他叫过来了?"

"对,这就是一场荒诞剧。我正和她说得热火朝天的时候,有人在敲门,是特霍戈在找什么东西。于是她对他说,你最好进来一下,我们要讨论一件严肃的事情。"

"然后呢?"

"我们就坐在那儿互相看着对方,就像现在你看着我一样。她叫我把整个事重讲一遍。他一直在摇头,好像知道我在撒谎。我是在说谎,弗兰克——这就是问题的关键。这不是我的故事,我没有亲历它。我感到他们两个人都知道,他们在听我说话,点着头,等待着,但他们知道。"

"但他们其实不知道,劳伦斯。哦,天哪。接下来呢?"

"然后他说,我们一起去看看吧。他站起来,非常冷静,我们跟着他去了他的房间。"

"然后呢?"

"里面什么也没有。"

我紧紧地盯着他看。

"什么也没有。"他伤心地重复着,脸上还挂有那种奇怪的笑容,"房内乱得一塌糊涂,就像你说的那样,但是没有什么金属之类的东西。我都找遍了。"

"他们把它弄走了,"我说,"特霍戈和他那个朋友。叫什么来着?雷蒙德。他们弄走了。"

"可能是这样。但是弗兰克,这太糟糕了。我只能站在那儿接着说,它原先在这里的,我发誓,它在这里的。他们一直盯着我看。我在撒谎,弗兰克,你难道不明白吗?我知道我自己在撒谎,所以他们肯定也知道。"

"后来呢?"我说,"后来怎么样了?"

"嗯,那时一切都结束了。没有任何意义了,你知道的。我们又继续谈了一会儿。"

"你们谈什么了?"

"我们回到了恩格玛医生的办公室,又东拉西扯地谈了一些东西,然后特霍戈问我为什么要去他的房间,我要找他干什么。我就不知道了。我无话可说。弗兰克,你去那里干吗了?"

"磁带。"

"磁带?"

"没关系,"我说道,"别管了。你继续说吧。"

"嗯,装下去也没有意义。我们只是互相看着对方。真是一阵可怕的沉默。我被抓了现行,你知道吧?"他坐在那里摇着头,过了一会儿,他的语调变了,显得更为轻松,"然后我告诉他们了。再装下去也没有什么用了。他们知道。"

"你告诉他们了?告诉什么?"

"就是我没有去他的房间,是你去的。你看到那些东西,然后你告诉我了……哦,所有的一切,我都和他们说了。没有办法,"他的笑容现在很灿烂,"弗兰克,当我说出来后,我感到好多了。把一切都公布于众。我不能承受说谎。我的天性就是这样。怎么了,弗兰克,有什么问题吗?"

他的笑容消失了。我站起来,向他走去。我想事实上我是想对他采取一些行动的,但当我靠近他时,我转过身去,凝视着窗外。不变的景色,荒草丛生的院子,乱糟糟的树叶,剥落起泡的墙壁。我呆呆看了一会儿,然后走回到我的床前,又坐了下来,全身发抖。

"但现在已经解决了,弗兰克,"他说道,"不要担心。我向他们解释了事情的来龙去脉。"

"到底解释了什么?"

"我说整件事都是我引起的。我过来找恩格玛医生,并谎称我看到了那些东西——都是我的主意。我告诉他们了。我说你什么都不想说的,你很同情特霍戈。我自己是这一切的……但现在没事了,你不要担心。我们都互相握手了。"

"谁?"

"我和特霍戈。我说我非常抱歉。我们和好了。一切问题都解决了,弗兰克。你不会有麻烦的。"

令人难以置信的是,他惊慌失措的表情消失了,笑容重新浮现在他脸上。

"你在笑什么呢?"我说。

"现在没事了,弗兰克。一切都是最好的安排,总会是这样的,也不知道为什么。"

我不知道这意味着什么。我的精力分散到其他地方了。一心无法两用,在我离开的几天,我无暇顾及这里可能会发生什么事情。现在这件事已经闹得够大的了。但我很快就会发现更多关于劳伦斯的笑容的原因。

"你最好去和她见面,"他立刻补充道,"她很想和你谈谈。"

"谁?"

"恩格玛医生。只是走个过场,弗兰克,不要一副忧心忡忡的样子。"

我去了她的办公室。她正在伏案工作,但她一看到我,就站了起来,会意地关上了门。我们坐在矮椅子上,膝盖几乎要触在一起。

"弗兰克,这里乱成一团,"她说,"但是我想现在都解决好了。"

几乎和他的言辞一模一样。我不知道**"解决好了"**在这里是什么意思。

"露丝,我对我在其中的角色感到遗憾。但是我一点都不知道——"

"不,当然你不知道。这是他做的,他自己也承认了。但这差点就惹了大麻烦。也许仍然可能会出事。他是个非常冲动的年轻人。"

"我能做什么吗?"

"你可以帮我看着他吗?我已经和他达成一个协议。但是我需要确定他能遵守下去。"

"什么协议?"

"关于他的诊所。你知道的,昨天他做的那个田野医院的事。"

我的思绪散落在四面八方,这是自从我出行那天起,第一次想到这件事。

"怎么啦?"

"听说它非常成功。桑坦德夫妇说的……他们看上去非常高兴。"

"然后呢?"

"我和他说了,他可以再搞一次。说实话,我差不多表明了我们可能会把它搞成一个持续性项目。当然我不相信这会发展到那一步。但我必须想方设法说服他。"

她为自己的聪明而喜笑颜开。能看到恩格玛医生公开表露自己的情感是很难得的一件事。

"下次活动将在一个月后。"她继续说道,她提到一个我从来没有听过的村庄的名字,"弗兰克,你听我说。一切都是机缘巧合。那天当地政府会在那里举办一个活动,是个很大的庆祝活动。因为他们第一次为那个村通电。于是我安排好了,我们会在那一天搞诊所活动。会来好多媒体,很多要人来演讲,会有很多政治上的曝光……对我们所有人都是好事。"

"太棒了。"我说,这句话是我很冷淡地说出来的,"然后他就接受了这个,作为……作为一个……"

"交易?对。我想是的。当然我没有用这样的字眼。我说他必须做选择。如果他想继续追究特霍戈的事,我就不得不上报他的不正行为,说他撒谎了。然后就会有一整套调查,特霍戈可能会丢掉工作,劳伦斯也许会被停职……考虑到这一切后果,我说我无法想象我们怎么才能继续举办这些诊所进村活动。我说,从另一方面来说,现在有这样一个机会……"

"然后他接受了?"我又一次难以置信地说道。

"他必须接受。不管怎样,他没有证据投诉特霍戈。只有你才可以。"

一阵短暂的沉默。我能听到窗外树枝互相摩擦的声音,随后我说道:"如果我投诉呢?"

她呆住了,脸上的笑容消失了,眼睛瞪得圆圆的,张大着嘴:"你说什么?"

"如果我坚持投诉他呢?因为我确实看到那些赃物,就在他房间里。"

这次沉默持续了很久。然后她说道:"我不理解。我以为你不想……"

"我不是很想。但你就这样对此不闻不问吗?他在偷你的东西。"

"嗯,我……是的。但是我给他一次警告了。他不会再做这样的事了。反正就只是一点金属废品。没有人需要它们。没有造成什么损害。"

"没有损害?"我摇着头,"这可是你的医院,露丝。那些金属碎片是你医院的一部分。"

"我知道的,弗兰克,"她脸上的某些神情变得坚决起来,"想一想可能会发生的情况吧。为了被提拔为院长,你已经等了很久了。终于这件事有了进展,看上去马上就要实现了。你想放弃这次机会吗?如果你让卫生部开展调查,这将耗时几个月,我们所有人都会被搞得筋疲力尽。各种指责将会满天飞,弗兰克,你想过这些吗?而谁也预料不到到底会是什么样的结果。而说到底,是的,最后你们只是为了一点点金属废品在这里斗来斗去。"

"当然不是,这里肯定涉及原则问题。"

"什么原则?"

我无法回答。我在为了什么原则而斗争呢?它似乎太明显了,以至于没有一个名字。但是我现在正陷入一个对我来说太深奥、太复杂的境况,我决定后退一步。

"不管怎样,"我说,"这些都是理论上的。因为我不想就此事而追问下去。"

"弗兰克,听到你这样说,我松了一口气。风险太大了,对每个人都有麻烦。"

"对,我确实能看到这一点。那么你想要我做些什么?"

我现在的语气很轻快,好像先前那些危险的谈话都没有发生过,而她也以同样的口吻回答我:

"如果可能的话,要确保劳伦斯不会改变主意。弗兰克,你对他有很强的影响力,他会听你的。"

"当然,我会盯着他的。"

"谢谢你,这也是为了你好。"

"我知道的。"

但当我从她办公室走出来时,我内心一片混乱,充满矛盾。我带着头痛,在娱乐室坐了下来。劳伦斯正在睡觉。这里平时通常是安静的偷闲之地,但是今天有种人满为患的感觉。很亮,很吵,一盒磁带大声放着音乐,桑坦德夫妇在打乒乓球。特姆巴和尤利乌斯一边喝咖啡,一边聊天。

"你也要玩一把吗,弗兰克?"豪尔赫问道。

我摇了摇头。他们两人继续打着球。恍惚间我感到这些动作和轻浮才是世事的正常状态,只是我的心情让我与之格格不入。但过了一段时间,克劳迪娅放下了球拍,走过来坐在我身边,友好地笑着,大汗淋漓。

"你今天回来的吗?"她问道。

"昨天晚上,很晚了。"

"昨天你错过了诊所活动。太棒了。哦,我们度过了很愉快的时光。"

"对,"豪尔赫一边走过来,一边说道,"我们想到了你。我们很开心。"

"哦,太棒了,"克劳迪娅又说了一遍,"人山人海!大家说了好多话!哦,太多了。"

"真好啊。"我说道,然后一言不发。

此时我开始意识到室内这股轻松愉快的气氛是以前从来没有过的。克劳迪娅坐在那里，伸展着四肢，自然地和我侃侃而谈，好像不带有一丝我们情断后的怨恨与不满，而几天前她绝对不会这样做。这种新的能量，如此乐观，如此生机勃勃，是和昨天我不在场时发生的事情息息相关的。

我想起劳伦斯对我倾诉他的故事时，脸上露出的不甚协调的笑容。几天后，在每周一次的员工例会上，我又看到了同样的笑容。会议议程上唯一的话题就是流动的诊所。恩格玛医生宣布这一消息的时候，完全把谨慎抛之脑后。她说，诊所取得了轰动性的成功，如果有人怀疑这一点，他们只需要看看医院员工焕然一新的精神面貌。尽管我们的物质资源有点匮乏，但我们取得了巨大的成就：我们伸出手，接触到了社区，让他们知道了我们的存在。她毫不怀疑，那些以前从来没有听说过我们医院的人将会蜂拥而至。

而劳伦斯坐在那里，看着他的鞋子，微笑着。

"当然，"恩格玛医生说道，"这只是一次试验。我们的想法是，如果第一次取得成功，我们就会继续把流动诊所办下去。我很高兴地告诉大家，不久我们将会举办第二次活动。"

她郑重地扫视了我们一圈。但她重复先前告诉我的那些细节——政府首次送电给穷人的大型庆祝活动时，我已经听不进去了。整个场面清晰地浮现在了我的脑海中，仿佛已经发生过了——一群人聚在一起，观众的中心是劳伦斯那张容光焕发的脸。演讲，漫长而无聊的演讲，大部分内容都让村民们难以理解,但这并不重要。重要的是活动举办了——它的象征性价值。重要的是医院员工之间的士气。

我凝视着门后的飞镖盘,上面挂着一支飞镖,它的镖头浅浅地钉在盘上,闪闪发光,令我出神,直到恩格玛医生说出下面的话,我才回到了现实:"毋庸多言,这是多么重要。外展工作、社区工作……这是前政权嗤之以鼻的事情。我们都必须为新的方式而努力……"

然后一阵自发的掌声响起,甚至连恩格玛医生自己也加入其中。只有特霍戈和我两个人远远地坐在办公室的两端,只是看着,一言不发。

特霍戈一直都很缄默,但现在他的沉默与以前不同了。能感受到他沉默中的愤怒与指责,我想它们都是针对我的。

自从我从城里回来后,我已经见过他一面。但即使在那之前,我意识到一切都改变了。那是一次偶遇,擦肩而过时一个微小的姿势,让我觉察到自己的位置。

在我回来的那天,在娱乐室和快乐的员工们相处了一会儿后,我踱步穿过医院的院子。各种想法与冲动在我胸中沸腾,让我难以休憩。我上上下下地走来走去,然后用手指钩着大门的铁栅栏,站在那里向外看。傍晚时分我决定走得更远一点,穿过小镇。在我出发时,我碰到了特霍戈的漂亮朋友雷蒙德,那个被我指认为共犯的小伙子。他正坐在停车场边缘的低矮而破败的墙壁旁,晃动着二郎腿,等着人。上一次见到他还是在劳伦斯的聚会上。他穿着得体而整洁,即使天已黄昏,他也戴着一副墨镜。我朝他点头示意,但当我走到他正对面时,他举起一只手,面带微笑,用一根手指在喉咙前划了一条线。

就是那样,就是那一个手势,使我在入镇的一路上都在发抖。并不是出于恐惧,至少不完全是,这其中有其他原因。那是特霍戈送给我的一个手势,那是恩格玛医生当天早上在她办公室里并没有完全公开说出来的话:所有未说出口、未发泄掉的愤怒都移聚到这个陌生人倦怠的手上。

当我从镇上回来时,他已经不在了。那面小小的、塌陷的墙壁前空无一人。

我去找特霍戈。正是晚餐时间,我看到他在餐厅,一个人坐在长桌的顶端。克劳迪娅·桑坦德和劳伦斯也在那儿,在房间的远端延续着那天早上令人心潮澎湃的交谈。但是在特霍戈周围有一圈愤怒的光环。他已用完餐,坐在那里看着墙,面前放着空盘子。当他看到我时,他似乎需要做一些小动作来分散他的注意力,于是他拿起了盐罐,在手中转动起来。

我走到他旁边坐了下来。劳伦斯和克劳迪娅向我们瞥了一眼,然后又埋头沉浸于他们的交谈中。我能听到一些哈瓦那的只言片语,还有国家医疗计划之类的事。

特霍戈开始把盐罐在两只手之间扔来扔去。左,右,左……

"特霍戈。"

他没有回答,继续把盐罐扔来扔去。我把椅子拉得离他近了一点。

"我们可以谈谈吗？"我说，"我想解释一下发生的事情。"

左，右，左……

"我知道你很气愤。觉得受伤了，很愤怒。但是特霍戈，这不是我做的。如果你能听我解释的话。"

他把盐罐沉沉地放在桌上，双臂交叉在胸前，眼睛直盯着前方。

"你不是我的敌人，特霍戈。"

然后他转过头来，看着我。只是一瞬间的凝视，然后他把椅子向后拉了一下，站了起来。我记得我实际上用手去抓了他，想阻止他离开，但他已经大步走开了，离开了房间，头也没有回。

时间短暂地停止了，我能感到劳伦斯和克劳迪娅从房间另一端看着我。然后他们的会话重启了，轻声且紧急。我坐在那里，双手撑着头，试图重新回想一遍说过的话与当时的画面。*你不是我的敌人，特霍戈。*那么谁是我的敌人呢？

所以我开始明白了，当劳伦斯告诉我现在一切都不同了，他的意思是什么。在我离开的两天内，我在医院的地位已经改变了。没有人再用从前的方式与我说话了。

这种变化是细微的，但却意义重大。你无法确定它的核心、它的边际，但它却像一个独立的、可被定义的事件一样，占据着我的思绪，让我困惑不安。

几天后，我才发现医院外面的世界也有所不同了。也许这个变化比其他任何东西都更深刻地影响到了我。

劳伦斯起初并没有告诉我。他在所有的场合都没有提及此事——与恩格玛医生的会面，与特霍戈的谈话，周一早晨的员工例会。直到这周几乎过了一半，他才随意地、漫不经心地提起这件事，好像他只是突然想起来。然而从他发出的第一个音节开始，我便明白了，很显然他一直在等待时机和我谈话。

"哦，是的……弗兰克……我能占用你一分钟吗？"

我们在宿舍里。这是一天中模糊的时刻之一，日光透过布满尘埃的窗户灰蒙蒙地照进来，却没有带来任何热气。

他坐在他的床边，凝视着我。然后他站了起来，来到了我的身边。

"我可以坐在这里吗？"

"当然。"

他坐在我的床边，靠着我。我能听见他不安的呼吸声，在我耳边响了一阵子。

"你还好吗？"他终于开口了。

"挺好的。"

"你看上去不大好。在斐京是不是不顺利？"

"不管你想说什么，"我烦闷地告诉他，"我希望你能直截了当地说出来。"

他的呼吸声听起来很难受，然后他说道："是关于诊所的事情。嗯，不，其实不是。我的意思是，不是诊所本身，但与诊所有关——某种程度上有关。但不是诊所本身的事，不。"

"我不知道你到底在说什么。"

他深深地吸了一口气:"好吧。那个女人。"

"什么女人?"

"那个,你知道的。你的朋友。"

随即我就知道了:"你是说玛丽亚?"

"对。她,礼品店里的。"他的眼睛注视着我,但当我回看他时,它们就低垂下来,躲开了。

"她怎么了?"

"当诊所活动结束后,大家都站在周围,她走过来和我说话。她说她有个很大的麻烦,问我能不能帮她。"

在沉默中,我明白了,那个词悬挂在我们之间的半空中,等待着喷薄而出的一刻。

"怀孕?"

他点着头,咽了口气,声音在房间里清晰可闻。

"她想让你帮她处理掉?"

他又点了点头。

我镇定自若。我感到不自然的镇定与平静。我对他说:"你为什么要对我说这些?"

他欲启口,却无言以对。在那一刻我看出来他无法说出事情的真相。他却低声说道:"我想听听……你的建议。"

"堕胎已经不触犯法律了,劳伦斯。你可以帮她的。"

"她……她不想在这里做。"

"那么去哪里呢?"

"在外面。在小木屋里。"

"这可是疯狂的想法。"

"我知道。但是有些事让她感到恐惧,或者是某些人。她要我深夜去她那里。这必须保密。"

"为什么?"

他耸了耸肩,这个姿势里蕴含了他所有的绝望。几天前员工例会上的自豪与自信已荡然无存;他只是一个误入迷途的小伙子,需要帮助。

我说:"你准备怎么办?"

"我不知道。"

"那她什么时候必须……"

"很快。我不知道具体什么时候,但是很快。弗兰克,难道不可能……"

"什么?"

"难道不能……你不能……"他又耸了耸肩。

"你是要我做这件事吧,是吗?"

他苦笑着:"我不知道。它在我脑海里也出现过。你……你似乎和她很熟。"

"劳伦斯,"我说,"但她找的是你。"

这可是事实。如果他没有搞这个小型的流动诊所,如果他没有去那个村庄,他就永远也不会再见到她。而我内心的一部分——幽深处一块坚硬冰冷的地方——为他的困境而感到一丝满足。他想走出医院,在一群观众面前摆出恢宏的象征性姿态,但当现实的问题摆在眼前时,他却束手无策。

　　当然我不会就此罢休。我当然会弄清楚到底发生了什么,也当然会做些什么。但是此时,我看着劳伦斯为自己挖的坑,不由得心生一种恶意的愉悦。

　　当晚我开车去见她。去的时候,我并不知道自己想要说什么。上次我去的时候还是在去城里之前,我对她说我第二天晚上会回来看她。但我并没有回去。

　　途中又碰到一个人为设置的路障。他们问我要去哪里,我说:"就是去兜兜风。"但是我看得出来这个回答让拦下我的年轻士兵感到很疑惑。他命令我下车,打开所有车门,这样他就可以搜个遍——车座底下、车座之间、手套箱、后备厢、发动机处。车里什么也没有,他只得让我过关。但我一边开,一边感到有种无名的负罪感压着我,仿佛我真的在走私一些秘密与违法的东西。

　　当我到达小木屋时,那辆白色小汽车就停在外面。就是那白车,或许是停在准将家外面的那辆,也或许不是。我无法停留。等待也没有意义,但我决定按照我所说的,只是去兜兜风。在黑色夜幕中,我一开数十英里[1]。在离崖壁不远的某处,我熄了发动机,下了车。夜晚温暖,天空布满繁星。我坐在车前热腾腾的引擎盖上,茫然直视着黑夜,周围的荒草窸窣作响。

---

[1] 英制长度单位,1英里等于1609.344米。

在这里,独自一人,远离纷扰,这感觉很好。短暂的一刻,我感到我的人生和我分离开了,像是掉在地上的一顶帽子或一件衬衫,在沉思中,我可以用脚推触它。在如此的氛围中,一个奇怪的梦境展开了。

在梦里我来到了玛丽亚的小木屋。她看上去和平时一样,不过穿着一件以前我从没有见过、闪闪发亮的黄色衣服。我走近她,用以前从未有过的方式握着她的双手。我们之间温情脉脉,无须言语,有如波浪在推动我们的行为。

我对她说:"玛丽亚,和我一起走吧。"

她甚为迷惑,不知道我在说什么。

"一切都有可能,"我对她说,"我们一起走吧。"

"但我要看店啊。"

"不,我不是这个意思。我的意思不是离开一小会儿。我是说永远。和我一起走吧,离开这里。我们把这里的一切都抛开。你的工作,我的工作。你的家,我的家。我们去大城市,结婚、住在一起,让一切都重新开始。从头开始。"

她摇着头。

"对,"我说,"这是真的。一切皆有可能。"而且我亲眼见证它实现过。我看到如此巨大的变化其实可以很简单。

但是随后梦境突变了。她摇着头,她衣服的颜色变了,未来在温暖的夜色中和我擦肩而过,直至完全消失。错误的感觉,错误的时间——一切都太晚了。所有的精力离我而去,我从引擎盖上爬下来,开车回家。

那辆白色汽车还在那里。

当我回到医院时,等待我的还是原来的世界,固守在老地方。黑暗的大楼,充斥着废弃与荒芜。我的宿舍,里面放着少得可怜的物品。熟睡中的劳伦斯·沃特斯,他的头侧翻在枕头上。

我在那里久久站立着,低头看着他。外面的灯光投来一股昏暗的光芒,他的脸比平时看上去更显年轻,还没有年轻到天真无邪的地步,但柔软、苍白,在暴力面前不堪一击。而我内心有种暴力冲动:无缘无故地,我突然想到要打碎这颗沉睡中的脑袋是多么简单的一件事。一件合适的凶器,凶猛沉重的一击,就足够了。

因为他是敌人——我现在看清楚了。敌人不在外面,没有逍遥于世界某处。他就在这扇门内,就在我熟睡的地方。

不过是夜晚的随想,但我以前从未想过这样的事情。谋杀的念头是如此随意,如此平常,真是让人心惊。我停止了这个想法,不再思考自己的人生,上床睡觉了。

13

但是夜晚的随想不再囿于黑暗中,它们也渗透到平常的光天化日下。我照常遵循我的惯例,履行自己的职责,在熟悉的旧习轨道上前行。但在我的面具背后,一位陌生人——并不是完全的新面孔,而是很久前离家的"黑暗兄弟"——已经搬了进来。

当然他只是临时寓居。我容忍他的存在——用不了很长时间,一两天而已,之后我的怒火就会熄灭。然后我会把他赶走,重新变成一个诚信可敬的人。

但是那一两天后来变成了三四天,然后又延长到了五六天,我注视着劳伦斯与他的困境博弈。他闷闷不乐,饱受折磨。我被他痛楚的复杂神色吸引,好像在看一位必须解开某种无解方程式的人煎熬。

一切都是悬置在两点之间,等待着。这就是我的感觉。不仅仅局限于我们的宿舍,在更广阔的世界里也是这样。即使是镇上的长街,当我开车或步行经过时,也给人一种大事即将来临的感觉。而点缀我生活的小场景和场所,也有种和以往不一样的氛围。

姆特姆布妈妈买了台球桌。一天早晨我在镇上的超市里,看到一辆途经的卡车的货厢恰好载着它。当晚我去喝酒的时候,它已经在酒吧里安装就绪了。一群士兵和陌生人在它周围转来转去,有人打球,有人围观,喝得醉醺醺的。

最近来妈妈家的顾客都和以往的不同了。也许士兵们吸引了他们的到来。很多在这里闲逛的身影都是形单影只、浓妆艳抹的女人。我不清楚她们来自哪里——或许是附近的村子,或许是边境彼岸,但是她们是来做交易的。不久后,定期跑附近主干道的卡车司机也停在这儿了。这倒是新奇。在以往来这儿寻找友伴的安静而迷茫的熟客中,便又加入了一些更为粗犷的面孔。气氛变得更为放松,声音更加响亮,在某种程度上更加欢乐,但也越发暴力。有次我在那里看到一场无缘无故的打架——一名士兵与一位卡车司机猛烈地互揍——然后又消失在台球的撞击声与零钱的叮当声中。

接着这种生疏感,这种暴力也蔓延到外面的街道上。一天晚上,镇上发生了一起抢劫案。四个持枪蒙面的人进了超市。当时里面没有顾客,但他们把经理狠揍了一顿,把保险柜洗劫一空,又把车开到主街上,对着街上的路灯一顿扫射。以前从来没有发生过这样的事。长久以来,枯燥无聊才是这个小镇上的暴力,但随后的几天里,镇民谈论的唯一话题就是抢劫事件和犯罪团伙。

超市经理前往医院来治伤。他的头部被手枪柄砸了,我不得不把他眼睛上的一个很深的伤口给缝上。他被吓呆了,用支离破碎的语句不停地重复发生的事:他们是如何突然闯进来的,脸都蒙得严严实实。

"他们开的什么车?"我问道,"你看到了吗?"

"我看得清清楚楚。白色丰田。"

一辆白色的车。那辆停在玛丽亚小木屋外的车是丰田吗?我无从得知——汽车的品牌对我来说就是一门陌生的外语——但这个形象已在我脑海中定了型。当然它并不意味着什么,路上有成千上万的白色汽车。但对我来说,又确实意味着什么。当我晚上出门的时候,我比以前更为小心,更为警惕。

我没有回去找玛丽亚。我在观望,看劳伦斯将要做什么。如果我晚上出去的话,也只是去妈妈的酒吧,直到喝得酩酊大醉我才会离开。

莫勒上校也经常去那里。和我一样,他也是一人独坐,在某个阴影笼罩的角落里。和我一样,他也一直在观察。你可以看到他在幽暗的灯光下,眼睛闪闪发光。有天晚上他向我举起酒杯,致以带有讽刺意味的问候。

过了一段时间,我才意识到我去那里的一部分原因是为了见到他。一夜又一夜,通常是我孤身一人。不是为了和他说话,我并不想那样做,而只是为了看到他清瘦的身影静静地安坐在烟雾、音乐与喧嚣中。这并不是一个令人舒适的景象——他在我心中激起的回忆像断骨一样让我感到疼痛,但不知为何,这是我需要的。

当然他也不是总在。有些晚上，所有的士兵都会离开小镇。我知道他们是去设置路障，搜查过路车，看上去忙东忙西。但我并不是镇上唯一怀疑他们是否做过其他事情的人。你有时看到他们开着吉普车在主路上来来回回，非常认真，飞驰而过。如此多的活动，如此标准，如此紧张：他们肯定自有所图。但是在这些日子里，我从来没有看到他们逮捕过任何人。

并不是所有的改变都发生在外面或远方，有些变化离家门口很近。特霍戈一直以来就不靠谱，但是现在他开始经常旷工。在接下来的两周内，我在值班的时候，有两三次发现周围没有一个人协助我。有一天吃午饭的时候，我听到桑坦德夫妇也在抱怨此事。但当几个小时之后，特霍戈终于慢悠悠地走进来时，他甚至都不屑为自己的行为道歉，只是耸了一下肩，对我阴沉着脸，沉默里充满了怨恨。

去找他也没有用。当他第三次没来上班的时候，我去了他的宿舍，敲了门。但这次门上锁了，门后溢出的空气中有种好久没有人住的感觉，带有霉味。几小时后我见到他从大门那里进来了。此时我已经不想和他说话了，但过了一会儿当他在我身边走过时，他身上有一股汗味，眼睛里满是血丝，疲惫不堪。

我试着将此事告知恩格玛医生。然而她并不太感兴趣，我们之前关于特霍戈的谈话的幽灵仍在附近四下彷徨。

"他的工作时间太长了，弗兰克，"她告诉我，"记住哦，他一个人干三个人的活。"

"我理解。但他似乎很少在这里。"

"他现在的日子很艰难。耐心点,弗兰克。一切都会尘埃落定。"

我没有穷追猛打。近来发生的事仍记忆犹新,并且有很多问题围绕着我。我等着其他人注意,然后向上面抱怨,但这没有发生。也许人们心不在焉,他们都沉湎于医院里新鲜的热闹与兴奋中。

因为它并没有消失。劳伦斯诊所唤起的激动心情似乎过了很久仍在回荡。吃饭的时候,或晚上在娱乐室里,我都曾听到有人在谈论此事。大家都在讨论下一次流动诊所的事情,以及以后将会如何发展。

一天晚上,我们准备就寝时,劳伦斯说道:"她决定不走了,你知道吗?克劳迪娅·桑坦德,她不想回古巴了。"

"哦,真的吗?那太好了。"

"她一直和我说,在古巴有一种田野诊所之类的项目。听上去我们也可以在这里做类似的东西。她说感到自己好像已经找到了目标。我的意思是,留在这里的目标。"

"很好,"我说,"她只花了十年时间。"

这是我能看到的唯一角度。这一切能量与更新:它拯救了桑坦德夫妇的婚姻。外面的世界仍是遍地疾病与灾患,只要墙的另一边被平和的沉默笼罩就万事大吉了。

有一天,我在值班,一位老人进来了。他带着一个小男孩,可能是他的外甥或孙子。男孩告诉我这位老人去过劳伦斯的诊所。他解释道，这就是他们今天来的原因。以前他们甚至都不知道我们医院的存在。

这位老人满脸笑容，尽管他自己一句英文也不会。他似乎也同样被贯穿医院走廊的那种兴奋感触动了。然而医学检查却发现困扰他的病症——他的一只眼睛出现白内障的症状——在我们这里是没有能力治疗的。他一定要去崖壁彼处的另一家医院，那个真正的、正常行医的医院。我帮他写了一封转诊介绍信，抬头写着杜托伊特，那位通常和我对接的年轻医生。

当我把老人送走时，他的脸上一片困惑。但就是这样：诊所带来的一切好感都荡然无存了。

我没有把老人的事讲给劳伦斯听。不管发生了什么，他可能仍会将其视为一次胜利。但也许他不会这样想。在那段等待的、悬而未决的日子里，他身上背负有一种前所未有的沉重感。

我很清楚，这是因为玛丽亚。他在斟酌该怎么做。他并没有在我面前重提该事，但是这个问题一直在我们之间，他偶尔也会盯着我看，观察我的思绪。但是我什么也没说。我仍然全力打算做点什么，采取一些行动，但是我想把事情加压到一定的程度，使得劳伦斯的非黑即白的规则被打破。

接着有一天，他把一些基本的医药器具摆放在一起。他没有大张旗鼓，但是他想让我看到他。他从厨房里拿了一只大碗和一块肥皂，又从被单橱柜里拿了一条干净的床单。他把一副手套、一只窥阴器、一根导尿管和一个宫颈扩张器摆在床上，好像他在进行着库存盘点。然后他坐在窗台上，下巴枕在双膝上，看着窗外。

我知道他已经做出了决定，但他正给我一个选择的机会。还有时间。我可以阻止他。直到最后一刻，当他走出门时，我仍然可以举起手说：等一下，劳伦斯。让我去吧。或者：劳伦斯，别这样做。让我先和她谈谈。

但好多天已经过去了，我并没有和她交谈，而今天也正在流走，我没有阻止他。现在我知道，我会顺其自然。我说的是实话：她是找他谈的，没有找我。毕竟肚子里的小孩很可能不是我的，即使是我的，这也是唯一的答案。无论怎么做，我都不能改变事件的进程。于是我看着他，什么也没有说。

那天晚上他把所有的东西都收在一起，动作迟缓，像一个身体遭受疼痛的人。他穿上了白色医生大褂，走到门口，然后停了下来。

"弗兰克。"

"嗯？"我回答道，说得过于急促，过于大声。

"今晚你做什么？"

"我不知道。我想就是随便逛逛。我很累。"

"如果你愿意的话，我们晚些时候可以一起出去，喝杯酒或什么的。"

"去哪里？妈妈的酒吧吗？昨天晚上我去过了，我今晚不是很想再去。"

"哦，好的。"

"我很累。到时候看看我们怎么打算。"

"好的。"

我没有抬头看，但可以感觉到门口没有人了。他走了。我坐了一会儿，然后我走到了窗边，看着他孤单的身影穿过停车场，走到他的车前，缓缓地驶向黑暗中。

他去了很久，至少三个小时。我什么也感觉不到，但我从自身的行为可以看出，我内心某处有种感觉随处乱撞。我在狭小的屋内来回走动着，好像困在笼中的某种巨大的捕食动物。后来我爬上了床，关了灯，但我实在无法入睡。

我听到他的车回来了，在大门口转弯，然后停了下来。我听到车门开关的声音和他的脚步声，缓慢而沉重地沿着小径渐渐走近。

当他开门时，我一动不动地躺着，但他没有对我表示任何关注。他的包似乎装满了石头。他好像一个拎着石头走了很远的旅人。他撞到了自己的床上，在黑暗中自言自语了几句，走进了浴室。我能听见水在哗哗地流淌，他一遍又一遍清洗自己身体的声音。

我又从床上爬起来，把灯打开。这是一个沉寂而无风的夜晚，因夏天来临而变得温暖，我突然感到非常闷，难以呼吸。我走过去打开窗户，跪在他的床上待了一会儿，感受一下轻拂在皮肤上的风。

当他从浴室出来时，他裸着身，全身还滴着水。他看着我，走过来，坐在我的床上，面对着我。很长的一段时间里我们两个人都沉默着。我穿着短裤,在屋内的杂乱中,我们两个人都如此地赤裸着,仿佛我们迷失在某种迷离的亲密接触之中。但是他那张脸,黝黑且特别,对我来说就像一张陌生人的脸。

只是事后我才意识到:那种赋予他那张脸与众不同特征的品质,不论它是什么,已经不见了。

他说道:"你为什么这么做?"

这是个奇怪的问题。

我说:"但我什么都没有做。我一直在这里。"

"没错。"他点着头,我感觉他还要说些什么,但是什么事也没有发生。

然后它发生了。不是来自他,而是来自我。

"如果你想找个人怪罪,"我说道,"那么怪你自己。我们这里本来风平浪静,一切都顺顺利利的。然后你来了。你不满足一切东西维持原有的样子。不,你要让它们变得更好。你一定要解决问题,改善每个人的生活。现在你看看我们在哪儿。"

"我们在哪里?"

"还是在我们原来的地方。唯一不同的是没有一个人感到满意了。"

"我不认为我们还停留在原来的地方。现在比以前好多了。我对此并不感到遗憾。"

"因为丛林中的一个小诊所。"

"你是这么看的吗?"

"我没有去。但是我知道。你获得了什么成就?什么也没有。只是说、说、说。一个关于艾滋病的讲座。一个关于卫生与健康的讲座。老天开眼吧，劳伦斯。那帮人需要药品和治疗，当然这些东西这里都没有。你能给他们的一切就是空谈。"

"这只是开始。其他东西以后会随之而来的。"

"以后会有什么？几周后的又一次诊所活动，同时还有村庄通电。"

"你以为通电没有任何意义吗？那是因为你一辈子从来没面对过没电的日子。"

"我不认为它毫无意义。但一个小村子通电这个事件没有任何意义。它只是小恩小惠，一个象征而已。这就像你的小诊所，劳伦斯。仍然有数以百万的人没有得到任何帮助。你真的相信高谈阔论和几盏发光的电灯就能拯救世界吗？"

"你什么都不做，怎么会带来改变呢？"

"你无法改变事情现有的样子。"

"当然可以！"

我们带着震惊与厌恶，互相对视着。

"他们对你的看法是对的。"他慢慢说道，这是一个苦涩的认识，"我以前看不清。然而现在我明白了。"

"他们是怎么说我的？"

"说你不属于……新国家的一部分。"

"新国家，"我说，"在哪里呢，这个新国家？"

"就在你周围，弗兰克。你看到的所有。我们正在重新开始，从零开始建立一切。"

"空谈,"我说,"空谈与符号。"

"不是这样的。是真的。正在发生。"

"我不信。"

"为什么？为什么你是现在这个样子？"这是个愤怒的问题，但他听起来并不气恼，他听起来好奇而悲伤，"你不是个坏人。"

"也许我就是。"

"你不是坏人。但是你对任何事都说'不'。这个字已经附在你身上了。我不知道你遇到了什么事。你不相信任何事。我认为你甚至都不相信你现在说的话。"

"我当然相信。"

"这就是你为什么不能改变任何事情。因为你不能改变你自己。"

"你认为事情如此简单吗？在你的人生里，只凭借一个字眼——'是'或'不'，然后一切就会随之改变？"

"也许就是这样的。"

我朝他的方向看去，但我眼中却看不到他。我在注视着其他的东西。我眼前浮现了一幅画面，那是劳伦斯和我，像一根绳子上的两股线。我们缠绕在一起，一种紧张感将我们结合起来。尽管以这种方式交织在一起是我们的天性，我们其实是完全不同的两个人。而在连着我们的首尾之间，是一根根本不知道自己意义何在的绳子。

这个画面停留了一会儿，然后又消失了，但我们此刻都陷入了沉默。所有高涨的情绪都在冷却,他看起来筋疲力尽,面带暗色。随即他就翻过身去,盖上了被单。我等了一会儿,也关了灯,躺了下来。我们都睡在对方的床上,但不知为何,这并不让我觉得陌生。

我现在也很倦怠,我的骨架像是灌满了沙子,却久久都未能入眠。刚才所说的一切都是错的,这是一次不该发生的谈话,与当晚真正发生的事情毫无关系。然而,这也是唯一真实、唯一可能的会话。

第二天早上,一切都过去了。当他起床时,昨晚他背负的包袱已经卸掉了。他在房间里快速地走动着,口哨声在齿间飘出。当我坐起来时,他朝我微笑着。

"早,弗兰克。你睡了个好觉吗?"

就好像对他而言,昨晚的事情都没有发生。现在我倒是那个负重的人了。重担从他肩头转移到我这里,昨晚发生了一些微妙的交换。我比从前更加衰老、笨重、缓慢了。

现在我在回想,拼命地回想昨晚到底发生了什么。我脑海中浮现出他的身影,在黑暗中穿过停车场。但我此刻的思维延伸到更远:长长的公路在车灯照射下向前展开,引着他来到树下的小木屋……然后到了屋内。

直到这一刹那,我才想起了玛丽亚,可一切都太晚了。不知为何,整个事件至此都是关于劳伦斯,而她在边缘的某处,是一个我无法解答的抽象问题。但今天她不再抽象;她具体、温暖而真实,是和我同床共枕过的一具真实肉体。而我什么都没有帮到她。

我要去值班,不得不换衣服。劳伦斯也在更衣,敏捷而认真,好像他要去某个地方。

"你在干吗啊?"

他愣了一下,衬衫的扣子扣了一半:"我要出去一下。"

"去哪里?"

"你知道哪里。"他正在系衬衫的纽扣,没有抬头看我,"我说我今天要去看看她的情况。"

"你现在不能去。会有好多人……现在是大白天。"

"但晚上我要值班。"

"让我去吧。"

"我告诉她我会——"

"让我来吧,劳伦斯。"

我说话的语气让我们两个人都僵住了。他凝视着我,然后耸了耸肩,扭过头去。

值班的时光在悠悠地流逝,我心中只想着她。傍晚时分我回到宿舍时,还没有到去玛丽亚那里的适合时机。于是,我做了一件奇怪的事——我打扫了房间。我先是去镇上买了清洁剂、肥皂和抹布,然后我回来把地板、墙壁和窗户擦洗得干干净净。每个角落。随后的一段时间我感觉好多了,好像某处令人反感的印记被擦拭掉了。

但是我无法安静地坐着。当我开车出门时,时间尚早,还未到去玛丽亚那里的时候,于是我就开车沿着镇子转了一两个小时。空荡荡的街道,路灯的灯泡没了,只剩下黑黢黢的插口,窗户像空洞的盲人眼睛一般凝视着我。然后时机到了,我驱车上了路。

当我驶到了蓝桉树丛时,我换了道,几乎就停在数晚前那辆白车停车的地方。车灯的光线从马路上移开,但是它们只照到了尘土、灌木丛和空气:小木屋不见了。

14

有那么几个瞬间,看上去就好像是我来错了地方。但当我下了车后,小木屋的轮廓仍清晰可见:比周围的土壤显得淡些的一块正方形,仿佛晒伤后皮肤上撕掉的一块橡皮膏留下的痕迹。几块零散的木板和一些破塑料碎片散在四周。

曾经一切都发生在这里。在这片小小的沙地上,它曾让我感到是一个完整的世界,而现在我看到的只是一块平常的灌木丛。两个星期后,它将又会被杂草、荆棘与荒木丛淹没。

我踢起的尘土在车前灯下像烟雾一样飞扬。我离开了亮着的车灯,沿着小径往村里走。这段路只有二三十步的距离,然而我以前从来没有走过。当我靠近村子时,一条狗朝着我吠叫,另一条狗也跟着叫起来了,在这一阵愤怒的和声中,我走进了村中心的裸露的泥土圈。小小的泥房子将我包围住。到处都是尘土、粪便和之前生火留下的灰烬——正如我事先想到的样子。

没有人,没有灯火,唯一的动静是几条狗在鬼鬼祟祟地靠近。我站在那里,仿佛有人会来迎接我。但我从来没有感到如此孤身一人。

然后我知道她可能身处任何地方。她可能离我只有五步路，在其中的一个泥房子里，或者在散落在灌木丛中的无以计数的小村庄里。或者她可能在地底下，在一个浅浅的坟墓中。在我看来，她已经从世界的边缘跌落下去了。

那时痛楚如滚石般落下，仿佛是第一次触动到我：它如此真实，生猛，充满力量，近似爱情。

那群狗越来越近了。我是入侵者。不像劳伦斯·沃特斯，在白天带着药品和有益健康的建议而来，我是在黑暗中、伴着瘦狗的咆哮声来的。我别无选择，只能沿着小路匆忙地回到车上，开车回家。

我疯狂地开着车，似乎正急忙赶上约会的时间，但事实上，我没有地方可去，路的尽头并没有目的地。

除了医院的宿舍，劳伦斯在床上坐着，在一张纸上写着什么东西。

他扫了我一眼。"你好，"他说，听上去心无旁骛，"我在计划。"

"计划？"

"我的诊所。无所谓。哦，哇哦，我差点忘了！"他骤然抬头看着我，"她怎么样了？"

"她挺好的。"我说道，把脸背过去了。他一定看到了我的表情，心想他知道其中的原因，但他其实什么也不明白。

第二天早上我回到了村里。我把车停在小木屋曾经坐落的地方,我又走到了那条小径上。现在这里有人了:小孩在玩耍,一位妇女在家门口剥豆子,两位老人在密切地交谈着。一只肥猪懒散地躺在泥泞中,而昨晚上的那群狗从树荫下跑了出来,不停地吠着。

我希望能见到一张熟悉的脸,我认识的人,比如那位给玛丽亚送饭送水的大娘。但没有。与我交谈的那个男人——他是我能找到的唯一会说英语的,对玛丽亚并不了解。是的,小木屋曾经在那里。但现在它被拆了。他觉得那些人都去了远处的某个地方。他指向远方的蓝色山丘。

是的,是的,一些老妇女也叹息道,同意他说的话。他们一帮人已经搬到那边去了。

他们认识玛丽亚吗?我问道。他们中间有人是她的朋友吗?

但从他们困惑的脸上,我能看出来他们未曾听说过这个名字。这正如我猜想的:她其实不叫玛丽亚,她没有告诉我她的真名。

没有什么希望了,但我还是对他们说了一小段话。"如果有人找到玛丽亚,"我说,"如果有人把她带到我面前来,我将支付一笔赏金。"我把钱包拿出来,展示给他们看。

"你是谁?"那个年轻男人,我的翻译,问我道。

"我叫弗兰克·埃洛夫。我是医生。我在镇上的医院上班。"

听到这句话,他们满是疑问的脸上突然露出了笑容。周围一片议论声。医院!诊所!关于近期那次活动的回忆给人群带来了快乐的气氛，就像医院员工的新生情绪一样。

我差点忘了。当然，举办诊所活动的地点就是这里。我听见一位平时一句英语也不会说的老妇人说"劳伦斯医生，劳伦斯医生"，张开嘴愉悦地笑着，一颗牙齿也没有。

当我离开他们，回到医院后，压在我内心的石头改变了一点点形状。是的，我寻找的是玛丽亚，但她的消失已经渗透到其他毗邻的领域。过去几天我做过的事情、说过的话第一次看起来像一种疯子行径。我脑海中的黑暗陌生人，如此便利的替罪羊，似乎比以前更难和我分开了。

这种思绪在炎热而漫长的下午一直持续着。劳伦斯出去了，我躺在床上，大汗淋漓，想着心事。对玛丽亚的无情忽略与视而不见让我内心充满了愧疚之情。我难受极了。我对她的所作所为，或者说没有任何作为，最终与我在这里、离家更近的地方的所作所为没有什么不同。在医院里。在这个房间里。

当劳伦斯回来时，天色已经完全昏暗。我已经在床上躺了好几个小时，一直没有爬起来。他打开灯，吃惊地注视着我："你在干吗呢？"

"没什么。"

"为什么不开灯？你在睡觉吗？"

"不，我在想着心事。"

"什么事？"

我费了九牛二虎之力才把腿摆过来，坐立起来。然后就一动不动了。

劳伦斯盯着我:"什么事?"

所有的一切都涌到了我齿边,这是一种无法被释放的压力,所以我什么也没有说。在沉默中,我摇了摇头。

他对我笑着,他宽阔的脸庞像勋章一样闪闪发亮:"你不要一直自己一个人坐着,弗兰克,这会让你忧郁的。"

"劳伦斯……"

"我现在没有时间。我要赶快洗个澡,然后去和豪尔赫与克劳迪娅喝一杯。你想一起去吗?"

"不了。"他没有给我倾诉的机会。我想说快点,说得越多越好,希望总有一句话是对的,有一个词能为我的错误开脱,但他已经走开了,正要穿过浴室门。

"劳伦斯。"

"嗯?"他停了一下,回头看了看我,然后摇了摇头,"嘿,放松一点,弗兰克,没关系的。"他走进了浴室。

我坐在床上,听着水花飞溅、流淌。但它并没有冲走任何东西。

15

我出去找她了。抑或我是这么告诉自己的,尽管任何高尚的动机很快就消散了。这段特定的记忆如梦一般,模模糊糊、缥缈无形。我甚至不再确信是发生在那天晚上,还是随后几天的某个晚上。但我看见自己坐在床上,劳伦斯还在隔壁的浴室洗澡,而痛苦从四面拉扯着我,直到某一个瞬间,一个清晰的想法突然闪现了。

我看见自己驾车出了小镇。但这是一个假象,是所有其他夜晚我在那条路上开车的意象组成的。事实上,我是步行的。原因很合理,也很简单:一辆车停靠在那段路上只会引起不必要的关注。于是在寂静而温暖的夜色中,我沿着石子路的边缘匆匆行走,两边森林耸立,小镇的灯火迅速地消失在我身后。

真实的记忆只在我走到左边岔路口时才展开。我曾经开车经过这里几百次:一条杂草丛生的土道,穿过灌木丛,一直通往旧军营。尽管每次来到这条路上能看到旧军营的地方时,我都会放慢车速,几乎像是一种仪式,但我从来没有去过那里。我不知道为什么。我告诉自己那是个无聊的地方——荒废而丑陋，为什么要去呢？但真正的原因藏在我内心深处，我现在感觉到了，当我踏上那条小路时，就像第一次跨越一条恐惧线。

我不再想着玛丽亚的事了。我脑海中其实什么想法也没有。我的大脑因受到恐惧的刺激而变得高度敏感，注意力全集中在从四面八方涌来的黑暗夜色上。树木给人一种警觉且苍老的印象。杂草穿过脚下坚实的地面，顽强生长。夜色好似一个镜头，身在其中的我，每一个动作都被放大，以便于某只巨大眼睛的注视。

小道沿坡向下，通往一条浅浅的小溪，溪水在石头上潺潺流过，接着小道又沿着山脊向上延伸。山脊顶上是一簇乱生的树林，直到在某个角度，树叶被军营的外部围栏所替代。我能看到繁复的铁丝网花格图案，在天空的衬托下，显得一致而精确。不远处是一根高耸的电灯杆，曾经挂着一盏泛光灯。但现在这根杆子却斜倚着一棵被爬藤植物压得抬不起头来的树木，两者相依为命。

我能看到军营的大门。如果还有哨兵，他应该就在这里站岗。我向右行走，爬上了一个陡峭的山坡，山坡可通达山脊的顶端。这样走，我应该可以避免一些明显的危险，但当我一失脚，被石头绊倒时，树枝划破了我的脸和双手，我意识到自己与黑夜里的救世英雄的角色差得十万八千里。我看到真正的自己——肉体松弛、臃肿肥胖，在妈妈酒吧的温暖与灯光的慰藉下，喝着威士忌，与劳伦斯交谈。而这个形象与我之间相隔的就是把我人生一撕为二的断裂。我是谁？我在这里做什么？当我终于爬到山脊的顶部后，我强忍着啜泣声，却发现自己就在铁丝网外面，在军营边缘。

营地里只剩下三四个帐篷，垂头丧气，毫无完形，与其说是帐篷，不如说是其残影。帐篷之间是空地，上面留有一些看似已被废弃的机械碎片。但是没有任何动静，周围没有人影。我不知道我期待看到什么——是围着一堆篝火的士兵、停在附近的白色汽车，还是嘴里塞了东西又被绑在树上的玛丽亚？当然，也许眼下这如墨般的寂静更有威胁性。很长一段时间我无法动弹，被钉在了沉默的十字准线上，而我的汗水干了，粘在身上，好像冰冷的第二层肌肤。

我必须进去。那一大圈死寂的地面用力地拉扯着我。但我的双腿就像在深水中一样，难以前行。麻木感压倒了我，仿佛在以慢动作夸张演绎着鬼鬼祟祟，我沿着围栏爬到了它坍塌的地方。我跨过去了。然后我又一声不响地站了起来，四下探听。但是唯一的声音是我自己的心跳与呼吸的嘈杂之声。

于是我放松了一点。如果真要发生什么事情，现在应该已经发生了。这个地方的真相就只是空无一人与荒废。我继续向前走，感到更轻松、更简单了。经过了一个帐篷，又一个帐篷，最后到了空荡荡的碎石子场地上。

一阵微风拂起。几根荒草在风中摇曳。离我最近的帐篷发出了一声叹息。但我现在不再害怕了，这些都是森林在夜间的正常悸动。

突然间,有什么东西动了起来。当我不再找寻时,它在我身边出现了。我没有看到它,但我能感受到它的存在:突然冒出的小小声响,黑暗中的一屈一伸。它有自己的意志和生命。一瞬间,恐惧又降临在我身上。我最畏惧与恐慌的一切,脑海中所有的魅影,都凝聚成一个结,一个在黑暗中升起的存在。

我向后退去,跌倒在地上,但没有等到我脑子转过来时,我就已经下意识地爬起身,狂奔起来了。

在我眼前的镜子里是一个脸色发白、恐惧不安的人。我的衣服很脏,上面满是芒刺与荆棘。我的皮肤也沾满了灰,前额上还有一道明晃晃的伤口。

我在淋浴花洒下站了很久。热水让我平静下来,随后我擦干身体,换上了干净的衣服,感到自己又能重新面对正常的世界。我的思绪渐渐稳定下来,开始问自己到底看到了什么。其实,什么都没有看到,只是黑暗中一阵突然的骚动。可能是一只公鹿或其他夜行动物,因我的意外来访而惊吓。也可能只是一阵风。

这些理性的解释让我越发平静下来。但在风平浪静之下,在我内心最深处,不理性的恐惧仍然挥之不去。我若追忆起来,便还能重回到最开始的那一瞬间。

我就寝前,一直把灯开着。但当我醒来时,劳伦斯就在屋子里熟睡着。看着他那些乱七八糟、散落一地的衣服,我第一次感到安慰。如此安稳与温暖的日光，让整个探险事件的所见所闻看起来很疯狂，不再有实感了，唯一可以证明这些的是我额头上的一块痛处。

"你这是在哪里割破的啊？"当他晚些时候醒来时，他对我说。

"我撞到了药柜。"

"撞得不轻啊。"他说道，然后就没有再说什么。

如果真是如我所说的，那么我刚刚改动了真相。仅仅几句话，整个事件就过去了。

但那一整天我都很烦恼。我在值班，空荡荡的走廊好像一块屏幕，我的大脑在上面重放着一帧帧的图像。那天没有病人来就医。一个人也没有。特霍戈也没有来上班。我独自一人，被无边无际的时间所淹没。当夜幕降临时，我已很疲劳，因无聊而疲惫不堪，这一次我竟然很快就睡着了。

到了早上，额头上的伤口已经结痂了。它开始愈合了。当我回去值班时，特霍戈又没有来，我开始感到生气了。这次我去找他，但是他的房间又锁着，我的敲门只是一阵空洞的声响。

第二天他仍然没有来。第三天也是如此。不久，每个人都知道这样一个不争的事实：特霍戈已经不在了。

在随后的员工例会上，我试图提及这个问题。我想知道，特霍戈不在，大家的计划是什么？会有人取代他吗？我们是不是要在没有他人协助的情况下勉强凑合？

恩格玛医生仍然不是特别感兴趣。"嗯,好吧,就目前来说,是的,"她说道,"他可能还会回来的。"

"回来?"

"他最近的表现不大可靠。我们都看得出来。他可能只是临时一个人跑出去了。"

"那之后你还会让他回来?"

"嗯,是的。我会的。否则……做什么呢?你要我刊登他的岗位空缺的广告吗?我们永远不会招到一名训练有素的护士。"

"反正特霍戈也从来没有护士资格。"

"是的,但是他对业务很熟悉。一个新人将不得不从头开始学习。而且,并不是说我们现在忙得不可开交。我们目前应付得不错。"

她的声音中带有一丝厌烦。在这之前,恩格玛医生和我从来没有这样交谈过,至少在公共场合没有过。我看了看其他的医生,但他们都低垂着眼睛。这不是一场有盟友的斗争。

"只是从原则上来说,"我说道,做最后一次努力,"他都这样表现了,你为什么还要他回来?我的意思是,他让我们所有人都很失望。"

"是的,"她同意我说的话,然后直直地看着我,"但是他最近遭遇了很多不开心的事情,弗兰克。你知道的。"

你知道的。这一指责让我哑口无言,于是我不再提及这件事了。在我看来,在场的每个人都知道为什么我这么热衷于这件事:因为现在,以最突如其来的方式,特霍戈的房间终于空了。

我再也没有提及此事。事实上,我不再想着特霍戈的房间了。它几乎变成无关紧要的边缘问题。再过几个月,劳伦斯的一年社区服务就要到期了,他就会离开这里,而我会继续留下。独自一人。

之后镇上又发生了一起抢劫案。这次案发在主街道尽头的加油站。案情还是和上次一样:一帮蒙面人在白色汽车里,在黑夜中逃离现场。

不到第二天破晓,故事就满天飞了。但现在故事里附有各种理论与推测。最令人信服的是这些劫匪其实是驻守在镇上的一些士兵。某人从某人那里打听到的,而那人又认识其中告诉他真相的一个人……到了中午,这个版本已经被认定为确凿的事实。

最近镇上对士兵的态度发生了转变。当他们刚来时,他们的出现貌似是小镇重获新生的标志。但随着时间的流逝,他们不再是救世主了,而更像一群吵闹、粗鲁、懒散的年轻人。人们讨厌他们。他们和镇上的店主发生过几桩争吵与冲突事件,又曾在晚上的妈妈酒吧里表现得粗暴傲慢。人们的畏惧一百八十度转弯,变成对他们的直接指责,可能也是不可避免的。

但我知道那些案件不是士兵们干的。而现在我内心的恐惧也迫使我采取一些行动。抢劫案发生的当晚我去了妈妈的酒吧。

这并不是特殊之举，我平时也经常去，但我必须承认，我去的时候，脑中是带着一个半成形的主意的。

我不知道如果没有那一个机会，没有那么一个时刻，接下来事情会朝什么方向发展。也许我期待的是一贯的混乱与困惑，这样我就能继续在做与不做的边缘踌躇不前。但是机会还是来了。当我刚到那里的时候，莫勒上校并没有来，只有几个士兵在那里。接着，几个小时过去了，喝了几杯后，这个地方也比刚才多了很多人，我在人群的间隙中看到了他那修长的身影。

他坐在台球桌旁边的椅子上，看着他们打球。他背对着我。我能看到他的脖子和笔直的发尾。今晚他没有穿制服。他穿着牛仔裤和一件背后印有某种微笑卡通脸的蓝色T恤。我看着他举起酒杯，再放下，又举起，又放下，他手臂上的金色汗毛在灯光下不断改变颜色。除此之外，他一动不动。

过了好大一会儿，我才去找他说话。我在试图蓄足勇气。离他如此之近，近到可以看到他双耳的晒伤印记，而他似乎对我丝毫没有觉察，这让我有种违拗的安慰。但是后来人群又渐渐稀疏起来，我担心他可能会离开，之后这一瞬的机会就会丢失。

我走到他身边，贴着他的耳朵。"我知道一些事。"我说。

他迅速转过身来，看着我："什么事？"

"如果你想找到你所寻找的东西，"我告诉他，"去镇外的旧军营。"

然后我飞快地走开，离他而去。在这么密集的人群中，很容易一瞬间就从视线中消失。而这就是我想要的：在神秘地宣告后，风一般地离开。

我以为他不认识我。在充满形形色色的顾客与过客的酒吧里，他怎么可能认出我呢？我把自己想象成隐形的、普普通通的人。然而当我穿过医院大门时，一对车前大灯在我身后晃动一下，他的吉普车猛然在我旁边停下。

现在我很尴尬，也很害怕。这是一场我不想要的谈话，又是在我最不希望的地方。我下了车，大步迈到他面前，意图通过对峙来挽回一些失去的力量。

但他只觉得我的举动好笑。他没有从座位上下来，而是威风凛凛地坐在高处，嘴角挂着淡淡的微笑。

"你刚才说什么了，医生？我没有听清楚。"

"你怎么知道我是谁？"

"我在镇上见到过你。这里没有很多白人。我打听了一些你的情况。"

我抬头看着他，但我不敢和他对视，我的眼睛低垂下来。这就像穿越回到了过去，回到那个边境上被人遗忘的小营地。我很害怕，仿佛其间这么多年的岁月完全没有流逝过。他比以前更老了，也更臃肿，一些清晰而硬朗的身体线条也变得模糊不清。但他身上有种别的东西，比他的脸更加深刻的东西，令我恐惧不已。他的整个人聚焦于体内一个坚硬而微小的中心，就像那些只为一件事而生的人一样。在一个僧侣身上，这可能是种美丽的品质，但在他身上，却完全不是。

我说:"你在找准将。"

"准将?"

"说真的,你知道我说的是谁。"

他摇了摇头,显得很困惑:"你是不是说曾经在这里飞扬跋扈的那个黑人……"

"是的,就是他。"

"但是他早就不在了,医生。我为什么要找他?"

"我以为你们是来这里堵住边境漏洞的。我以为你们是想阻止他人非法越境。"

"也许。"

"嗯,他是你要找的人。准将是你要找的人。他是幕后主使。从边境那边非法贩运象牙、毒品、人。大家都知道。我还要告诉你一件事。他的手下在镇上搞了两次抢劫。超市和加油站。而且我知道他们在哪里。"

我刚才喝了一些酒,所以现在一旦开口,这些话就滔滔不绝地倒出来。但是他的表情没有任何改变。他还是那样警惕地看着我,蓝色的双眼一眨不眨。

"谁告诉你这些的,医生?"

"大家都知道。"

他诡秘地一笑:"你觉得我可以在旧军营里面找到他?"

"对的。"

"你在那里见到过他吗,医生?"

"没有,我没有见过他。但是我知道他在那里。"

"你怎么知道的?"

"我无法解释,司令。但我知道。"

他轻声地纠正我道:"上校。"

这个小口误让我脸色通红。但是我看得出来,他对我所说的并不是很感兴趣。他出于好奇而尾随我到这里,但他认为我是个怪人,可以用一声叹气、一次耸肩来打发掉的人。

我说道:"你会去看一下吗?"

"也许。"

"还有一件事……"

"什么?"

"那里可能有个女人和他们在一起。她绝对不能受到伤害,上校。她和这一切都无关。"

"一个女人?"

"和一个男人在白色汽车里。"

他凝视着我,点着头,即使透过他冷冷的眼神,我也能感觉到他的鄙视。他离开温暖的酒吧,来到露天的停车场,只为进行一场疯狂的对话。他转动了点火器上的钥匙。

我紧握着他的手臂。"这是真的,"我说,"去看看吧。"

"准将已经死了,世上没有准将了。除了我——几年后,医生,我将会是准将。"

"他还活着。"我一边叫道,一边倾身扑向他,竭尽我所有的全部的力气。这力量几乎都可能从我身上溢出来。但他的手臂突然从我的手掌里挣脱出去,把吉普车挂上挡,驱车离开了。

我看着他的车灯上下起伏，渐渐远去，嘴里吸着飞扬的干燥尘土。

　　也许他是对的。在这个空洞的时刻，我对什么都不确定，甚至对我昨晚是否真的去过营地，也并不确定。也许，我希望那里满是鬼魂；也许，我需要相信准将的存在，他胸口挂着历史这枚勋章，一边走动，一边发出微弱的叮当声。他养着他的午夜花草，却用我的骨头为它们施肥。

16

第二天特霍戈回来了。我不在医院。傍晚前我回到了坐落在玛丽亚的小木屋背后的村子里，想看看是否有关于她的消息。没有消息，在忧郁的笼罩下，我一路驶向崖壁。傍晚时分我回到了医院，天已经黑了。主楼里所有的灯都开着，大楼显得异常明亮，透过窗户，我可以看到里面人影幢幢。

我急急忙忙走进去。办公室里没有人。我能听到隔壁手术室里面的动静，但当我刚走到走廊上时，他们都从里面出来了——恩格玛医生、桑坦德夫妇、劳伦斯。

没有人和我说话。空气中有种焦躁不安和狂风暴雨的味道，一切都在失控中。但过了一会儿，狂热的气氛似乎平静下来了。桑坦德夫妇用西班牙语在互相唠叨着，恩格玛医生在办公室处理一些文书笔记。有那么几分钟，劳伦斯和我一样，在亮得可怕的、空荡荡的走廊里徘徊着。

他对我说："发生了什么？"

"我还指望你告诉我。"

"我不知道,我搞不清楚。"

"发生了什么?"

"他躺在那里面,胸口中弹了。我觉得他活不了了。恩格玛医生想帮他做手术,但伤口离他的肺部很近。我想——"

"谁?你在说谁?"

他难以置信地盯着我,好像我才是事发现场中无法解释的谜团。"特霍戈。"他终于说出口,"你去哪里了?"

即使这样我还是不理解。然后我理解了。

我沿着走廊朝前面走去。在手术室的中间,在夜灯阴森森的蓝色光芒下,特霍戈仰卧着,齐腰盖着被单。他上了呼吸机,手臂上正在输着液。他的躯体上除了绷带和敷药棉垫,什么也没穿。当我俯身观察他时,他的脸塌陷了,紧贴着骨头,好像他已经死了。

我又沿着走廊走回去。我对劳伦斯说:"谁送他来的?"

"那个家伙。他的那个朋友。我觉得。"

"你觉得?"

"我没有仔细看。一切都很突然。"他用一只手抚摩着头,我能看到他快要哭了,我从来没有见到劳伦斯哭过,"我在办公室值班,听到外面有辆车开进来了。速度非常快。然后车喇叭响了——一遍又一遍。我跑了出去。那个人,不管他是谁,没准是司机,把特霍戈从车后座拖了出来。"

"什么样的车?"

"你说什么?"

"那是辆什么样的车?"

"我不知道,弗兰克,我没有注意看。对不起。"他控制不住了,一滴泪从他眼中流了下来,但是他的声音还是很稳定,"我抱住特霍戈,也开始拽他,只是想帮忙,你知道的。但接下来,那个家伙就钻进车里,一阵烟似的开车跑了。我不知道,弗兰克,我想那是他的朋友,但我不确定。为什么会发生这样的事情?到底发生了什么?"

"我不知道。"我说。但我其实是知道的,就像我目睹了现场一样确信。

我开车去了妈妈的酒吧。时间尚早,酒吧里几乎空无一人。妈妈在吧台后,数着一沓沓的零钱,然后放进塑料袋里。当她见到我时,她笑了。

"我来找莫勒上校。"

她的微笑消失了,她在我脸上看到了什么,说道:"他在楼上,在他房间里。"

"房间号是什么?"

她把房间号告诉了我,我爬上了楼。那是走廊尽头的最后一扇门,在这幢楼的角落里。我一敲门,他几乎马上就开了,好像他一直在等待我的到来。然而当他看到我时,他那张死板的脸上闪过一丝轻微的颤抖;只是一瞬间,然后就不见了。

今天他穿着制服。迷彩裤,棕色军靴。但是他脱掉了衬衫,他的上半身光滑得几乎没有毛,看上去与下身的制服格格不入。我瞥了一眼他身后的房间,恰如扎内勒当时住过的、位于走廊里端的房间。但他的存在让本已环堵萧然的房间变得越发简陋——如果它还能再简陋一点的话。我看到他的衣服一丝不苟地折叠着，笔直地堆成一列，放在衣柜里。桌上放有一把拆开的步枪，所有的部件都整整齐齐地排成一排，闪闪发光。

"我能进来一下吗，上校？"

他摇着头："我希望你不要介意，医生，我现在很忙。你只能将就一下，站在门口和我说话。"

非常彬彬有礼，非常遥不可及。而我一点也不怀疑，他就是用这样的语气与被他折磨与杀害的人谈话的。对他来说，这里面没有任何个人感情。

"上校，"我说道，"医院里有个伤员。我想你知道他是谁。"

他平静地凝视着我，等待着。

"我想知道发生了什么。"

"对不起，"他又摇了摇头，"我真希望我可以帮上忙，医生。"

他仍然很有礼貌，不动声色，但今天对我的态度却截然不同。昨天晚上我只是个傻瓜，一个轻而易举就会被打发走的人。但现在他变得很警觉。他的冷漠有种力量，谨慎的警惕是他策略的一部分。他现在把我当回事了，尽管他一直不动声色。

我继续说道："那我就坦白地对你说吧。你不必告诉我任何事。但是我都知道。我知道是你向他开的枪——是你或者你的手下。你去了旧军营，因为我叫你去的。你没有预料到你会找到什么，但是你发现了。然后出事了，有人逃跑，就开了一枪，然后事情就发展到了这个结局。"

他还是一直盯着我看,一副很有礼貌的样子,表现出对我的话题饶有兴趣。

"上校,"我说道,语气里蕴含着的苦恼清晰可辨,"你难道不明白,我感到对此事有责任吗?我不是来这里怪罪你的,也不是来找麻烦的。我只是想把事情的来龙去脉搞清楚。我告诉过你要去哪里。我本以为什么事都不会发生的,但是现在它发生了,而我是造成此事的原因。我知道,不是你,而是我。如果我知道发生了什么,我会好受很多。这就是我所要求的一切。请帮帮我,上校。我恳请你。"

"对不起,医生。"

"好吧。那么,告诉我——就这一件事。有其他人受伤吗?其他人怎么样了?他们逃走了吗?你把他们抓起来了吗?"

"我没法回答你的问题。"

"那么,好吧。算我没有问——不管他们。只有一个人:那个女人。昨晚我告诉你的那个女人。她当时在那里吗?她现在安全吗?"

"我不知道。"

"我只要你说一个字,'是'或'不'。甚至你一个字也不用说——你只要点头或摇头。她还活着吗,还是已经不在人世了?我只想知道这个。"

他退回到屋里,关上了门。所有的对话最终被这一简单的动作终结了。我把额头靠在墙上,停了一会儿,然后沿着走廊回去了。

医院又恢复了沉寂与安宁,但不知为何,骚乱的气氛像雾一样笼罩于上空。劳伦斯与桑坦德夫妇仍坐在办公室里,话题中心都是特霍戈。大家普遍认为他很难幸存下来。

我又去看了他。他还躺在手术室里,身上仍然连接着维持生命的机器。他仿佛一半是由合成材料做成的,而人身肉体的一半却毫无生气、一动不动。

我叫了他的名字,但他一点反应也没有。于是我站在那里,看着他,盯着他的脸。我注意到他脸颊上有一个胎记,那是一个略微变黑的斑块。他的额头上有一块小小的新月形的伤痕。这些都是我以前从来没有注意到的细节。尽管我在他身边一起生活共事多年,我想可以说这是我有生以来第一次感觉与他生生相连。

17

尽管第二天没轮到我值班,我还是去主楼看了他好几次。不是作为医生的职责去看望病人的,而是出于一种无法用语言表达的个人需要。每次探访都一样:我站在床头,端详着他,久久不愿离去。即使现在,我也不知道我到底要寻找什么。

有两三次,恩格玛医生也在那儿。她和我一样焦虑不安,在床边忙来忙去,测量他的脉搏与血压,观察他的瞳孔。她从来没有在其他病人身上注入过如此多的关爱。

"我们不应该把他转到大医院吗?"我问道,"他在那里会好一点。"

"也许,也许。但是我们现在还不能动他,他的病情太严重了。"

"你要知道,"我说,"他们可能会回来找他。"

这是我自己第一次意识到这一点。

"谁?"她问道。

"他的……人,"我说,"和他一伙的人。"

她用惊异的眼神看着我。她不知道我指的是什么人,也不知道为什么他们要回来找他。但她没有继续追问,转眼间她又开始瞎忙一气了。但是这个想法在我脑海里停留了一整天。如果他知道他们所有的秘密,为什么他们会把他丢在这里呢?

毫无疑问,莫勒上校也有这个想法,因为次日早上,特霍戈被锁在了床上,一名士兵在角落里守望着。

那天我在值班。当恩格玛医生来查房时,她被这新的安保措施惊呆了,这些安排并没有事先得到她的首肯。她摇晃着特霍戈的一只手腕上的银色手铐,怒视着士兵。

"你是谁?你在这里做什么?"

他是一位白人小伙子,刚刚走出青春期,留着轻薄的胡子,脸上露出讪笑。他为她的震惊而感到好笑。

"我在站岗。"他说道。

"站岗?保卫谁?"

也许他觉得这个答案太明显了,不屑回答。

"他在接受重症监护,"恩格玛医生严肃地说道,"这里只有医务人员才允许进入。"

"你要和我的上校谈谈。"

"你不能这样铐着他。这里早就不是警察局了。你为什么要这么做?"

"危险。"

"危险?"她环顾房间一周,好像它会化作具体的形象,一个可以衡量的东西，藏在床下，"我会投诉的。你不能这样做。我会抗议的。"

即使她真的投诉或抗议了，也不能起到什么作用：银色手铐和士兵都还在。虽然他——那位警卫——不知什么时候来到了我的办公室。对他来说，这里也许氛围更为友好，他有咖啡和飞镖盘来消磨时光。而事实是，我很高兴他在这里。不是作为我的陪伴，而是那把枪给了我安慰。自从前一天与恩格玛医生谈话后，我就感到很害怕。

但是这位士兵显得很厌倦。他似乎并不相信他嘴里说的危险。当我在通往病房的走廊上来来回回走动时，他没有尾随我。也许他认为这种焦虑与关注是医院里面正常的状态，但实际上，从来没有什么医疗问题会让我如此投入。

起初特霍戈完全一动不动，好像一具供展的尸体。只有在他被移动时，他的姿势才会改变。为了防止褥疮，我必须每隔两三个小时就给他翻个身。当我用手伸到他身下去翻动他时，我的脸靠近他的脸，我能闻到他从空腹深处泛上来的酸臭气味。当我抱着他时，他全身发热发软，满身大汗。

我不得不帮他做所有的护理。食物和空气通过塑料管注入他体内。我必须监测呼吸机，并留意静脉输液的进展。每隔几小时会给他注射一次吗啡。他身上插入了一根导尿管，每天要倒空尿袋几次。当天晚些时候，他大便失禁了，我只好换了新床单，清洗了他的身体。所有这些必要的苦差事都是过去特霍戈自己经常做的。这对我来说很陌生。我以前一次都没有碰过特霍戈，而现在我发现自己陷入了这种必不可少的身体接触中。如果这是一个寓言故事，那我将会从中学到谦卑，但这只是活生生的人生，令人不安、俗套、奇怪，它在我内心激起的情绪并不完全是谦恭。

然而随着时间的流逝，他的状况有了改善。到了中午，他的心跳与血压几乎正常了。后来当我进来给他翻身时，我发现他自己移动过。虽然只是轻微的姿势变动，手脚位置的改变，但却毫无疑问，是生命重新复苏的迹象。

之后这些动作还在持续着。这里抽动一下，那里摆动一下，到了晚上，他开始在睡梦中扭动身体，摆出姿势。

为了防止他把插在身上的管子扯掉，我用一块块软布片把他绑在床上。但是这些束缚——绑在他的腿上和一只没有戴着枷锁的手臂上——都在模仿与嘲笑他手腕上真正的镣铐。他是一个病人，同时也是一个俘虏，就像我是一位医生，同时也是造成他病情的罪魁祸首。

内疚、内疚。我在走廊上走来走去，无法久坐。其他医生也经常过来检查他的状况。桑坦德夫妇与恩格玛医生都很担心害怕。但是他们的焦虑来自对实情的未知，而我却是因为知道得太多。

只有劳伦斯没有来。我一整天都在等他，因为对他来说，责任是其自命不凡的本能反应。但他只在傍晚时分才出现，也就是他值班的时间。他说，他一直在房间里，在计划着下次的诊所活动。

直到这一刻，我才记起诊所的事情。但是考虑到目前的情况，它肯定是要被取消的。

"不，不，"劳伦斯紧张地说道，"我今天和恩格玛医生谈了。她说诊所活动必须举办。"

"但是特霍戈怎么办呢？"

"嗯，当然他的情况很严重……但是生活还得继续，弗兰克。你不需要我告诉你这些。"

而我看到——这是第一次——劳伦斯对医院的病人毫不关心。他感到不安与难过，但他希望特霍戈不在这里：这拖累了他一手建立的、更为光荣的计划。

最终我们变成了什么？熟悉的世界被完全颠覆了。护士成了病人。献身于事业的、充满善心的年轻医生眼里只有自己，而我，满怀怨恨的无神论者，若是祈祷有用，将会祈祷上天带来奇迹。

这里面可能包含着什么人生教训——如果我能找到的话。

与此同时，尽管我已经下班了，疲倦朝我袭来，我还是紧张地在办公室里独自徘徊。

"你为什么不去睡一会儿呢？"劳伦斯最终说道，"你看上去累死了。"

"我马上就走。我只是等一下。"

"等什么？"

"我不知道。"

他认真地看着我，分析着我。"我以为你不喜欢特霍戈。"

他说道。

"我不喜欢他,但我不想让他死。"

"记得你曾经和我说过的一句话:符号与医学毫无关系。"

"你是什么意思?对我来说,特霍戈不是一个符号。"

"你确定吗?"

第二天早上特霍戈醒了。他的眼神停留在我身上,冷静、水汪汪的、一眨不眨。我能看到我的影子映在他眼睛中,一个双重形象,然后他的目光移开了,落在了地板上。

克劳迪娅·桑坦德当日值班,但我告诉她,我将替她坐班。她有点困惑。"不,不,"她坚持说道,"明天就是诊所活动。我明天不想在这里坐班。"

"你不要值班。我不是和你换班。我只是想今天上班,不是交换,没有任何附加条件。"

她不能理解,但是最终她还是答应了。所以这一整天我又在照顾特霍戈。恩格玛医生过来了,她拔掉了输液管,并断开了他的呼吸机。这些都是他迅速恢复的迹象。但子弹还留在他体内,必须取出来。

"我们要等一两天才能帮他做手术,"恩格玛医生说道,"首先让他安定下来。你怎么看,弗兰克?"

"我认为他应该被移送到那家大医院。"

"但是我确信我们可以在这里照顾他……他现在好多了。"

她希望我同意她的想法,而我希望他离开这里。我想让他远离这里,到一个他们抓不到他的地方。"我很坚决,"我说,"让我把他送走吧。"

"嗯……好吧,"她满怀狐疑地眨着眼睛,"但是他现在太虚弱了。"

"明天吧。我一大早就来做这件事。"

"明天是诊所活动。"

我盯着她,问道:"但你肯定不会继续做下去吧?绝对应该取消吧?想想目前这个情况。"

"哦,不,不,那不可能,弗兰克,"她面露难色,"对我们来说这太重要了,部长很期待这次……现在取消太迟了。"

"好吧,那我不会参加,"我生气地说道,"我会带他去大医院。"

我并不是在征求她的意见,她能听见我声音中的盛怒。她被我的反应搞糊涂了,无法拒绝。

特霍戈听着我们的谈话,一言不发。他仍然很虚弱、疼痛得说不出话来,但当恩格玛医生和他交谈时,他时而点着头,时而摇着头。是的,他感到很舒服;是的,他头疼;不,他不需要床用便盆。

"稍后等他精神好一点的时候,试着让他开口说话,"恩格玛医生说道,以办公室里窃窃私语的方式,"看看我们能不能发现到底发生了什么。"

她带着焦虑的口吻说着,然而我可以看出来她不想亲自问他。她很乐意把这个微妙的任务交给我。但特霍戈不愿意和我说话。即使在虚弱与吗啡的双重作用下，他的一些怨恨的记忆仍然没有散去：当我和他交谈时，他的眼中闪过和过去一样的锋芒，然后目光滑向了别处。

这并没有阻止我。他还是我的病人，也是被铐在了床上的俘虏。绑在他腿上和一只手上的布条被解开了，但是手铐还在那里，每次他一移动，就会发出嘎嘎的响声。他看到了手铐，也看到了站在角落里的士兵。

今天来执勤的是一位新的士兵，看上去很紧张，一动不动地坐在那里，步枪夹在双膝间，四下观看着。他对自己的工作很是认真负责，没有被设有咖啡与飞镖盘的办公室所诱惑。他看着我进进出出，来来去去，执行我的各种小任务。

特霍戈现在可以进食了，因为插管把他的喉咙弄疼了，他只能吃流食。于是一天两次我用托盘把汤端到他面前，一勺一勺，小心翼翼地喂他。他把嘴张开，接受我的喂食，但眼睛却避开了我。他也以同样强烈的被动态度接受着我对他其他方面的照料。他很温顺，但我能感受到他真正的感情，秘密般地深锁于内心，正像热浪一样从他身上散出。

我也不得不帮他排尿。像老朋友一样并排坐着，我的一只手臂垂挂在他的双肩上，支撑着他。他紧闭双眼以掩盖羞耻。当我晚些时候帮他洗澡时，他也闭上了眼睛。我一部分一部分地清洗着他的身体，仿佛我们两人都是机器，尽管我们一直都是如此机械。

我没有和他说话。连恩格玛医生想让我提的问题，我都没有问,虽然我也想知道答案。只有一次,我说了几句话。我依靠在他身边,在他耳边窃窃私语。

"我告诉过你,你不是我的敌人,特霍戈,"我说,"我会这么好地对待我的敌人吗?"

那位士兵猛地抬头看着我们:如此的轻言慢语,到底传递了什么颠覆性的信息?但是特霍戈的脸部表情一直不变。他不会给我吐露任何消息。

我把那天晚上当成最后一夜,最后的夜晚,尽管当时感觉很平常。那晚发生的一切事情都不会让人觉得对命运有什么重要的影响,所以如今我很难记得当时任何特定的细节。就像许多其他日常夜晚一样,就像我在医院度过的所有其他夜晚一样,我在虚度光阴。我能记得的是,当晚我筋疲力尽,仿佛这些平常的工作大大地消耗了我的精力。因此,当劳伦斯来换班时,我一点也不想留下来再待一会儿了。毕竟也没有什么值得焦虑的。第二天早上我会把特霍戈送到其他医院去。

"你明天都准备好了吗,弗兰克?"劳伦斯欢快地问道。

"准备好什么?哦,劳伦斯,我去不了诊所。我得把特霍戈送走。"

"但为什么是明天呢?他难道不能多等一天吗?"

"不行。对不起。这不可能。"

"嗯,当然。当然。没问题。我也没有期待你会来。"

我们真的是这么说的吗?我甚至猜疑,我们之间有过这段对话吗？我不知道。也许是在事后，我把这些强行加到记忆里。听起来似乎不对，在这么多重要的话语之后，最后的一段对话竟然陷入平庸之中。

于是我记得，或者我想象着，最后一次见到劳伦斯时，他脸上浮现出一丝气鼓鼓的表情。他假装这并不重要，但他实际上再次受到了伤害。我又一次让他失望了，正如他早已略微猜到似的。我喊了一声再见，但他在药品柜里翻来覆去找东西，没有顾及我。而我自己的声音，呼唤着他的名字，在空荡荡的走廊里发出微微颤抖的回声。

然后第二天早上他不见了。士兵也不见了，特霍戈也不见了。而为了解决手铐这个小小的问题，他们把床也搬走了。

18

我定好了闹钟,准备早点起床。当我穿过大楼之间的空地时,天刚刚破晓。在苍白的晨光下,我能看到主楼里人来人往。

恩格玛医生在大门口截住我。她脸色僵硬,很久才说出话来。

"他们不见了,"她说道,"消失了。"

"谁?你说什么?"

但是我已经知道发生什么了,虽然我得通过走廊到空无一人的病房后,才能理解。即便如此,我仍然盯着地板上那光秃秃的一块地方,它比周围的地方要稍微干净一点,仿佛那里隐藏着我最终可以破译的线索。

几分钟后,我就变成了漫无目的人群中的一员,来来往往,兜兜转转。这些人员的流动里,没有狂热,也没有目标。每个人都处于惊愕之中。三个活生生的人和一张医院的病床竟然在夜里突然消失了,这似乎令人不可思议。如此无声无息,如此毫无痕迹。好似有只大手从天上伸了下来,把他们一扫而光。

这是怎么发生的？他们来了多少人？用了什么武器？他们是像医院的访客一样，开车通过大门进来的吗？还是像刺客一样，翻墙偷偷潜入？我不知道，也永远无法知道这些问题的答案，因为它在我睡熟之际发生在另外一个国度。

而劳伦斯——为什么他们要带走他？他做了什么事让他们决定必须让他消失？尽管我没有亲眼一睹，但我几乎可以猜到当时的场景：他会挡住他们的路，他会站在特霍戈与敌人之间。"对不起，你们不能带他走，他是我的病人。我有责任保护他。"职责、荣誉、义务——劳伦斯为这样的字眼而活，最终也为它们而死。

那晚值班的也很可能是其他医生中的任何一位，甚至可能是我。那样的话，也许结局会不太一样。我不为"职责"这样的字眼而活。没有很多人会这样活。比如说，事后得知，那位士兵并没有被他们抓走。当他看到他们冲进来时，他就拔腿逃命去了。几个小时后，他从灌木丛里跑回来，拖着他的耻辱与步枪。床也被找回来了，被拆得七零八落，碎片堆在医院外面的草地上；只有床的一端，即特霍戈的手铐拴住的那部分，从未被找到。

但所有这些都是后来的事，发生在解释与推理的逻辑阶段。当天上午却没有任何逻辑或理由。只有长长的孤独的走廊，病房中的那块空洞，好像一颗被拔掉的牙齿。

恩格玛医生是这些不知所措的人群中的一员。过了一会儿，她满脸绝望地看着我。

"太难以置信了。我无法相信这些。弗兰克,我们该怎么办?"

"我不知道,"我木然说道,"报警吧。"

"我已经报了。我和那人谈过了,那个军人。他说他会竭尽所能……"

"那么你就没有什么可做的了。"

"他说我应该把所有发生的事情都写到报告里。一切事实。我只能晚些时候才能做。在诊所活动后。"

"你还要继续搞诊所?"

"我们能怎么办?"她喊道,"都准备好了!"

不久后他们就都走了——参加诊所活动的团队里剩下的三个人:桑坦德夫妇和恩格玛医生。村庄首次通电的庆祝集会,他们要在那里履行他们的职责。我想他们以为我会开车跟着他们,但是我没有。我在走廊上来回走着,然后又在楼上的走廊里徘徊,然后又走到了外面,走到了草地上。

我感到他还在外面的某个地方,那地方离我们很近,而他应该还活着。劳伦斯,还有他的理想与责任感。当然,他也可能已经不在人世了;他或许早就躺在一个沟里,或被埋在浅浅的坟墓里,喉咙被割断了,或者头上中了一枪——不论最后发生了什么。从此以后,我一直试着想象他生命的最后时刻,关于他的故事的高潮,但是在这一天,这些画面都没有浮现。被谋杀,像垃圾一样被扔掉——这是发生在别人身上的事情,那些我们不认识的人,而不是发生在劳伦斯身上。不,他还在，离我们不远，保持着他的愤怒与希望。在等着有人来帮助他——因为这就是人们所做的事：他们互帮互助。

于是，最终它来到我的面前：如果不是决定命运的一刻，至少也是实际行动的一刻。太晚了，所有的联系都错过了。但是我的人生终于萌生了一瞬间的真正勇气。我还不知道那是什么，我只能感觉到一种力量在聚集，像是来自我的身体之外；甚至当我上了车、驶出大门时，我仍然不清楚我到底要去哪里。

这次我转了弯，在布满车辙的泥路上摇摇晃晃，颠簸前行。当然，这时我明白了，正如你观察一个人的行为，就能推测出他的意图。我的机会来了，我已经想象出来我的登场：开车高速穿过前门，车轮在周围掀起一片飞扬的尘土、英勇与跌宕起伏的激情。但是，在一块小凹地的底端，我的车撞上了一块石头，熄火了，无法再启动。我的势头正在式微，在它完全消失之前，我下了车，半走半跑，跟跟跄跄地爬上山坡。我看到我如何在一群惊愕的面孔的注视中走进去，来到那位要人面前，扑通一下就跪倒下来。

我会说——

我来这里，是把自己作为交换的人质，不是为了特霍戈——他是你们的人，你们可以把他留下来。我来是为了另一个人。他对你们没有任何价值，我知道，但是对我来说，他已经变成了一切。至少是我不具备的一切。性格即命运，我的命运是我一生什么也没有做，除了袖手旁观，对别人评头论足，还觉得一切都不尽如人意，所以请允许我在生命的最后时刻改

变自己。求你了,让我来替代他,让我的死亡为我的生命赋予意义,你想怎么处置我,悉听尊便,但请把他放走。

我会这样做的,我会如是说的。在这一刻,我并不怕死。

但是当然,他们并不在那儿;我不知道为什么我以为他们会在。当特霍戈中了枪时,他们肯定已经永远地离开了营地,也没有理由再回来。只是在我的脑海中,他们一直被固定在一个地方,好像一个目标,我用生命做弓箭去瞄准它。但我再次错过了。我生命中充斥着这么多充满潜力的原始素材,而我甚至不能从中唤起一出真正的悲剧。

所以最后没有什么可以面对的,除了我自己这个荒唐的形象:笨重,不再年轻,气喘吁吁。累弯了腰,我站在这座废弃的舞台正中,只有腐烂的帆布与生锈的铁丝网在观看着。

还有他。几分钟后,他来了,看上去很平静,带着些许无聊,从营地的远处缓缓走过来,直到这一刻,我才看到他吉普车的车顶在那边冒了出来。

他又穿上了制服。但是他今天的举止很随意,更像是平民百姓而不是军人。他的双手插在口袋里,口哨声从他齿间流出。

"早上好,医生。"他说道。

他看到我在这里,并没有表现出惊讶的样子,只是觉得我全身是汗的样子有点好笑。

"你要做一些简单的锻炼,"他说道,"那会让你身体好起来。"

"我过来……"我说道,"我过来……看……"

"我也是。你的领导,那个女医生,告诉我发生了什么。所以我想是时候查证一下你的故事了,看看这里是否有什么。但是……"

他指着我们周围一片败落的景象,棕色的荒草正从地里挤出来。

"这话不对,"我说,"你以前来过这里。为什么你要继续否认呢?"

他淡淡一笑,他今天的心情不错,说道:"但这里一个人也没有。除了我们。这是个糟糕的地方。"

"现在会发生什么?"

"什么也不会发生。他们走了。我想我们不会再见到他们了。"

"我的意思是……他怎么办?我的朋友。"

"我就是在说你的朋友。"他说道。

然后我们之间就再也没什么可说的了。这里的一切都到了尽头,在最不可能的地方,在一个普通的日子里。

"你怎么过来的?"他说道,"我可以送你一程吗?"

"我的车在下面,抛锚了。"

"我来帮你一把。我先去开我的吉普车。"

他准备转身离开,又吹起了口哨,但我说道:"司令。"

我不知道这是从哪里来的,这种说出真相的需要毫无意义。

"你的意思是上校吧?"他说。

"我以前就认识你。你记得吗?"

他的脸色骤变，这令人十分惊奇。他立即变得警惕起来。他身上的某些东西紧缩到那个坚硬的核心里面，微小而封闭，无法攻破。他看着我，仿佛从远处打量着我。

"在哪里？"

"在边境。"我提及了营地的名字和年份。我看到他在脑海里暗暗地定位在那个时间，然后又聚焦在我的身上，试图将两者连接起来。

"我当时是军医，"我说，"那时候你经常叫队长去帮你。但是有天晚上队长不在那儿，你就找了我。"

"你帮了我？"

"对的。"

他又盯着我看了一阵子，然后他失去了兴趣。我能看得出来他的心路历程。这对他来说没有任何威胁，毕竟，我只是一块飘浮的残骸。

"对不起，"他说，"我不记得了。"

"但是我们说过话。"

"也许吧。在那里我和很多人都说过话。抱歉了。"

他的语气轻松而疏远。他不再感兴趣了。我做出了自己的小忏悔，但他不会给我赦免。我涌起了一种自己也无法理解的冲动，我朝他走近了两步，伸出我的手。他握了握我的手。这个姿态没有意义，只是空洞的形式；真正的交易在很久前就达成了。

19

劳伦斯不会再回来了。我现在知道了。在起初的几天里,虽然我又回到了独自在房间的状态,但是我并没有他已不在了的那种感觉。劳伦斯的衣服还散落在四周,挂在椅背上,浴室的晾干架上。他吸了一半的烟仍躺在窗台上的一团烟灰中。所有的迹象都表明他只是出去了一小会儿,去值班或在什么地方,很快就会回来一般。

但是大约一周后,某天我一时冲动,把他的东西都收拾干净了。我把他搭在窗台上的小神龛和照片、石头整齐地放在一起。我把他的衣服叠成了一堆,全部放进了他的行李箱中——就是他刚来这里时带着的那个——然后放在了床底下。我擦掉并清理了所有的污渍和印记,洗面镜上的剃须泡沫,烟头。我把浴室里摆在牙刷架上他用过的牙刷拿出来,沉思了一阵后,把它扔掉了。

之后我感觉好了一点。我几乎又是一个人了。一两周后的某天,我突然灵感一现,把家具移了一下,摆回到他来之前的模样，仿佛他从来没有来过一样。

只是他来过，这我也知道。而那张空床也在指责着我。

在他为数不多的文件中，我找到一份来自扎内勒的信，信封背面写有她在莱索托的回邮地址。我原本并不确定是否应该写信给她，不过后来我还是写了。可能没有其他人会告诉她。这是个苦差事。我本以为这会很简单——不过是直言不讳的事实陈述——但事实本身让我难以面对。我本已写下了"他已经死了"这句话，然后我坐在那里凝视着那个字眼——死。它似乎有某种含义，但那种含义却不适用于劳伦斯。没有尸体，没有武器，没有明确的来龙去脉。最后，我只写了他在离奇且极端的情况下失踪了，如果她联系我，我会解释。

她没有和我联系。也许她没有收到我的信，也许她已经回到了美国，或者也许她并不想知道更多。我不知道还能有什么手段去追踪她的近况，但事实是，我很庆幸自己不知道。

我在他的信件中翻寻他的家庭住址，但是没有。他姐姐，实际上是他的母亲，寄过来的信封上并没有回邮地址。我问恩格玛医生能不能在档案中找到一些线索，她告诉我说她已经着手处理了。同样地，我很庆幸我无须参与其中。

然后有一天，在他消失的一两个月后，他的母亲来了。她是位高挑而憔悴的妇女，穿着黑色的衣裤套装，拿着长烟嘴，一支接一支地吸着烟。我完全不能把她和劳伦斯联系在一起。她那张宽脸有种我熟悉的东西，但她的举止与散漫的姿势却有些奇怪。她花了好几个小时在医院周围昂首阔步，窥视着长着杂草的角落,看着墙外。她给人的印象像是某位怀着冷静决心的人,正在完全错误的地点寻找她失去的东西。

最终她来到我的房间,和我坐在一起。恩格玛医生不想和任何棘手的情绪打交道,问我是否会照顾她一下。"她是劳伦斯的姐姐,"她匆匆忙忙地说道,"她想和你聊一会儿。"我并不介意;我甚至有点好奇,其中夹杂着痛苦。但当我们面对面时,她坐在他的床上,我坐在自己的床上,就像我和他过去谈话时一样。突然间我们之间没有什么话可说了。我们之间没有尴尬的情景,只有一片真空。

我拿出他的行李箱和一小沓照片,交给了她。她百无聊赖地翻看着。

"我还有他的车钥匙,"我说,"我相信你想要把车开走。"

"不,不,不。现在不行。我开自己的车来的。"

"它就停在外面。我经常启动它一下。"

"你真好。我很快就会回来把它开走的。"她环顾屋内,她黑色的眼睛在苍白的骨架下,显得更为黝黑,"所以这就是他……"她说道,"是他……"

"什么?"

"这是他的房间。"

"他和我住在一起的。对。"

她双眸正视着我。她是个羸弱的女人,几乎就像是被粘贴在一起似的,只有她的烟熏嗓音透露出一些人生的艰苦。除了这点,还有她眼神中的某种东西。

"你是他的朋友。"她说道。

"什么?"

"他告诉我的。他经常在信里提到你。"

"是吗?我很感动。但我不确定我是不是个好朋友。"

"哦,你是的。不要小看自己。从他谈论你的言语中,我可以看出来……他说你对他照顾了很多。"

"真的?"我说道,"是的,那我想他是我的朋友。"

"谢谢你对我的……我的弟弟这么好的照顾。"

整个表演都很荒诞,而现在尤甚。我再也忍受不了了,于是说道:"我知道你是他的母亲。没有必要隐藏这事。"

她没有退缩,只是平淡地点着头,一口一口吸着烟,说:"我想他告诉你了。"

"嗯,我……是的。"

"这说明他有多么信任你,否则他绝对不会说的。"

我不知道该怎么接这句话。我希望她快点离开这里,但她似乎已经在我的房间里扎根了。当她不停地吸烟的时候,沉默笼罩着整个房间,然后她突然说道:"我不明白这到底是怎么回事。"

我感到心跳加快了,仿佛我们终于撕掉了所有的伪装。

"那是非常复杂的一连串事件。"

"所以你是知道的。"

"不,我……我也不清楚,不知道。"

"但是他失踪了。"

"对。"

"他没有死。他失踪了。这两者并不一样。"

"我不确定我是否听懂了你的话。"

她还是很冷静,镇定自若。我看着她把吸完的烟头扔出窗外,又把一支烟装进了烟嘴里。"我的意思是,"她说道,"他可能会回来。"

她的声音很平静,我以为她在发表自己的意见。但是她的眼睛紧紧盯着我看,我意识到她向我提出了一个问题。

我想了一会儿,然后说道:"不,我想他不会了。"

然后她哭了出来。这是个令人惊奇的景象:那瘦长而毫无激情的躯干,散发出如此有棱有角的强烈感情。她用双手捂着脸,抽泣着。我走过去,坐在她身旁,用手搂着她。我的心都碎了,我感到万分遗憾,最终我们还是要面临这个展露真情实感的时刻。

劳伦斯不见了。他消失了。在某种程度上,她是对的:这与死亡并不是同一回事。

后来其他人也走了,他们也消失了。但是和劳伦斯不同,他们只是走进了自己人生的迷宫中。几个月后,士兵们被遣派到其他地方,莫勒上校也和他们一起走了。一天晚上他们围着台球桌,喝酒吹牛,而第二天晚上,一切都变得静悄悄的。

随后克劳迪娅·桑坦德回到了古巴。不知为何,劳伦斯的遭遇成为压倒他们婚姻的最后一根稻草。我再也听不见隔壁的争吵声了，但沉默反而显得凝重且沉闷。很明显，他们不再交流了。后来，在一次周一的例会上，他们公开了她下周要离开的消息。终究是破裂了。她离开后，走廊里只有两个人，豪尔赫与我，我们值班的时间变得格外长。

恩格玛医生几乎在同时也离开了，回到了城里，获得了她一直翘首以待的那个政府部门的职位。对她来说，对我来说，这本应是一场友好的离别。事实也的确如此。但是，我无法忘记和恩格玛医生的最后一次谈话，它毫无征兆地冒出来了。

那是在她的办公室，在她离开前的最后几天的一个下午。她向我示范院长的工作内容，报告、审计和文件档案。其间她告诉我如何去申请资助，以便能招到额外的员工来代替我们失去的人。很显然，这是医院的一个危机，必须加急处理。但这次谈话搅起我们两个人内心私人的感受，在一段冗长而枯燥的解释中，她突然安静了下来。然后她叹了口气，说道："可怜的特霍戈。"

"什么？"

"他的遭遇真可怕。真是很惨的一件事。"

我本可以不管，也本可以装作没有听见。但是在我内心深处，有种感觉在涌动。当她的注意力重回到文书上时，我问："那么劳伦斯呢？"

她眨着眼，显得有点惊慌失措："对，劳伦斯也是。"

"特霍戈还活着，"我说道，"但我不认为劳伦斯也活着。"

她慢慢地放下手中的文件，看着我。我们之间的空气越来越厚重。

"我不知道你是什么意思。"她说道。

"我想说特霍戈是他们的人。他们来抓他,以防止他招供。但是他们不会伤害他。"

"'他们'?"她说道,"谁是'他们'?"

"他的人。"

"特霍戈没有什么人。他独自一人。如果你想知道的话,我觉得是士兵们把他抓走了。他看到过一些他们不想让他看的东西。"

这简直令人难以置信,我用舌头发出了啧啧声。"他可不是受害者,"我说道,"你为什么一定要相信他是呢?"

现在她笑了,但笑容中没有一丝愉悦。

"你一直不喜欢特霍戈,"她慢慢说道,"很久以前你就想打击报复他。"

"这不是真的。"

"我很抱歉,弗兰克,但是我认为是这样。你想要他离开这里。你想要他走。你无法和他相处。好了,现在他不在了。"

"他还活着。他在外面的某个地方。"

"你对一切都是那么肯定。"

"我知道特霍戈是什么样的人。他是个小偷,我见过他做的坏事。我对你很失望,你竟然包庇他。"

所有这些交锋都是以非常冷淡又礼貌的方式在我们之间进行的,仿佛我们在探讨某个抽象的观点。最近有很多次,恩格玛医生会和我激烈舌战。但这次和以往那些时候都不一样。

"那个年轻人,"她说,"那个年轻人的生活很艰难。他有个非常艰苦的人生,比你的人生要困难很多。他没有你的机会,也没有你的优势。这些你觉得不算什么吗?"

"在这件事上来说不算。不。"

"不。我看出来了。"她看着我,但她的目光也穿透了我,看向我身体以外的东西,"我能看得出来,你对在这个国家身为黑人意味着什么一无所知。只有你自己的生活对你来说才是真实的。"

"每个人都是这样的。你只有一次人生。"

"黑人有很多人生。"

"真是废话。"

"是的,对你来说是废话,但对我来说是真实的。我们这样纠缠是没有意义的。"

她再次埋头去看她面前的文件,我们的谈话就像一把坚硬的小刀,滑出了视线,被藏进了某个口袋。但它已经将我们俩都割伤了。我们再也没有提及此事,在最后的几次会面中,我们彼此都小心翼翼,客客气气。

玛丽亚也一度消失了,但后来她又出现了。我很早就放弃了和她重逢的奢想。直到有一天,一个黑人小伙子出现在我的办公室,他的面孔似曾相识。他说,他可以带我去见我想要找的人。

我思考了一会儿，才明白他到底说了些什么。随后我才想起，我以前和他有过一面之缘的地方：在玛丽亚的小木屋后面的村庄里，那天我去那里找她。当时我对村民说我会用钱来交换任何可能给予我的帮助，他就是那位帮我翻译的人。

我当时没法和他一起去。我正在值班。直到好几天后我才有空。然后我去找他，开着我的车，他坐在我旁边，带着羞涩的自信指着路，满面春风。我们在乡村小道上——从主干道上延伸下来的泥土路网——开了很长一段时间。这里的乡村粗野荒凉，错综复杂，偶尔沿途会出现一个无名的村庄，那些在劳伦斯的地图上只是一些小点的村庄。

而她就在那些小点的某处，在靠近地平线上的一排蓝色群山处。汽车在最后一段路上艰难行驶着，爬上一条糟糕的小路，这条路看上去是昨天刚用一把钝刀从灌木丛中割出来的。山顶上零零散散地散落着一些小屋子和田地。它和我们经过的其他地方没有什么两样，但是那位满脸笑容的年轻人说道："就这里。"

"这里？"

他告诉我怎么去。村边上的最后一排小屋子中的一个，屋后是一堵树木形成的墙。而外面停着一辆白色汽车。

我以前总是经过时从很远处看过它。但现在当我走近它时，我能看到这辆车和准将没有任何关系。这是辆老旧的达特桑，引擎盖和车顶都锈迹斑斑。一扇门松垮地挂着，挡风玻璃上有道长长的裂缝。这是一辆穷人的车。

所以这幅拼图，这幅我差一步就能完成的图案，终究未能拼全。或者说，拼图的零片并没有如我想象的那样，完全紧密地拼合在一起。

也许同样的话可以用在玛丽亚身上。我想当然地认为她知道我要来了——那个小伙子，我的向导，应该已经和她交流过，告诉她我在找她。但是当我看到她的那一刻，我知道我的从天而降让她大吃一惊。

这是在小木屋背后，在树木旁边一块光秃秃的地方。当我敲着前门的时候，一个男人的声音在后面叫喊起来，于是我们绕到了后面。她本来是坐着的，但她猛然跳起来，一只手捂着自己的嘴，盯着我看。

他也在那里。这是我第一次见到他。她的男人。和我差不多年纪，矮胖，圆脸，头上斜戴着一顶格子帽。他看上去不像那种轻易显露感情的人，但是我能感觉到他的惊愕，就像在地面传递的震动。

于是我们都站在那里，互视着对方。我们三人因恐慌不安而怔住了，而另一个人仍在不合时宜地笑着。

我说道："玛丽亚。"

但这甚至不是她的名字，不是她的真名。她猛然转身躲避我，转向她的丈夫，开始和他说话。她的语速快且声音高，我什么都没听懂。然后她突然停了，转身跑进屋里，没有回头。

我不知道来之前我期望的是什么场景：我们团聚在一起，其乐融融，倾诉着过去的时光。而她的男人不知何故不在家，就像我们幽会时一样，他也很方便地没有出现。或者我们会奇迹般地回到小木屋的那块方方的沙土地面，外面夜色正浓。

但现实不会这样。这是一个没有结果的故事，也许甚至没有主题。我来这里只是为了再一次认识到我有多少东西还不知道，而且永远也不会明白。

男人非常愤怒。他走近我，低声、沉稳而强硬地冲着我说话。他的拳头在身体两侧紧紧握着，但我觉得他不会攻击我。还没到那个地步。他太惊愕了，对自己仍然很不确定。

"我不知道他对我说什么。"我说道。

"他说，"那个小伙子翻译道，"你来这里要干什么？"

"我想和玛丽亚谈谈。"

"他说，你找他妻子干什么？"

"告诉他，没什么大事，没什么恶意。我是她的朋友，以前认识的，在店里时的朋友。我想知道她是否一切都好。"

"他说，她很好。他说，你最好现在就离开。"

"我不是来找麻烦的。告诉他。"

但我的到来还是带来了麻烦。它在我四周酝酿着，仿佛被风吹起的细微尘土。不知道接下来会发生什么，还是离开为妙。而一两分钟后，我们确实离开了。在两三分钟的见面后，又踏上了长长的归家之路。

"但是她还活着。"我大声对自己说道，这是大约半小时后，当我们在某条随机选择的道路上飞驰之时，"至少我确认了这一点。"

"是的，"我的同伴开心地应和着，"她还活着。"

而这也是件幸事了。其余的一切我都无法得知。她一直端坐在我生命的中心，像是一个神秘的符号，但是对她来说，我只是背景的一个细节，只会带来谜团和纷扰。我以后再也不会见到她了，但她还活着。

当我们回来时，我把那个小伙子送到家，他满怀期待地在我车旁踟蹰。我沉浸在心事中，过了一分钟我才明白过来。于是我掏出了钱包。

出发时，我本想给玛丽亚一些钱，而现在这一沓钱被折放得好好的，就在我手边。犹豫片刻，我拿出了这一小沓纸钞，全部给了他。这是一大笔钱，我以前从来没有给过别人这么多。我不知道我是怎么想的：是为了用钱诱惑她回来，还是让我最终的离别有些价值？

他瞬间惊呆了，但很快就把钱收了起来。他的笑容灿烂无比。

在癌症吞噬我父亲生命的前不久，他说想过来看我。我想这是他表达赞许的方式。当我告诉他我终于当上了院长时，他说："哦，谢天谢地。"他脑海里一直想象的是与我的现实不符的场景。我没有把这里的真实情况告诉他，最终他太虚弱了，无法成行，这也是一种安慰。他离世的时候，以为我终于否极泰来，以为我小有成就了。从纸面上看，我想也没错。

现在情况和以往不同了，在很多方面一目了然。首先，我在恩格玛医生的原办公室里工作。摆在我面前的，不再是飞镖盘和数小时的无聊时光，而是一张办公桌和文书。我不再觉得自己是一名医生了，我已经变成了一名行政官员。

医院举步维艰，我现在的工作就是要拯救它。来来回回的信件与电话。上级管理部门想关掉我们的医院，我花了很多时间解释为什么这是个不好的主意。我告诉他们，我们在贫困的农村地区做着重要的工作。讽刺的是，我不得不用劳伦斯组织的两次诊所活动的例子来支持我的观点。

我们现在不再举办任何实地诊所活动了。事实上，我们基本上什么业务都不怎么做。只剩下两名医生，还有两名厨房员工——一名医生专配有一名厨师。而我也不知道豪尔赫还会待多久。

因此，我们不得不在各方面都缩小规模。事实上，我们已经变成了一个日间诊所，每天早上开放几个小时。我们的主要工作就是分发药品和提供建议。任何严重的病例，甚至不严重但需要住院观察一晚的病例，都会被转到其他医院。

现状很糟糕，前景也不容乐观。但是我仍感到很满意，即使我无法从逻辑上解释原因。也许这仅仅是接受现状后的虚假平静。但无论如何，我觉得自己已经有了用武之地。

也可能只是因为经过七年的等待，我终于搬到了二十米开外的恩格玛医生的办公室。一个微不足道的事件，但是对我来说意义重大。一个新的房间，没有什么装饰、干净而空荡：是重新开始的好地方。我把我的东西摆在屋内，买了一些织物和照片挂在墙上——任何可以让我在这片空白上留下自己印迹的东西。现在我的生活又开始生根了。我知道我不会永远停陷在这里；以后会有其他地方，其他人。

　　一个小小的变化，带来了一个全新的未来。这让我自忖，如果当初未曾有人来和我合住，一切是否可能会朝不同的方向发展。

鸣谢

我谨此感谢南非国家艺术理事会为我于1998年下半年在开普敦大学担任驻校作家提供资助。

承蒙我的经纪人托尼·皮克的真挚坦率与坚定支持、琳恩·丹尼在澄清事实方面所提供的帮助、艾莉森·劳里与克拉拉·法默的编辑意见,以及里亚兹·艾哈迈德·米尔的陪伴,我在此一并表示感谢。